Leve como ar

Ada d'Adamo

Leve como ar

tradução
Francesca Cricelli

todavia

Para Alfredo,
ombros largos, mãos de rochas

*Este livro é a história, verdadeira, minha e de Daria.
Verdadeiros são nossos nomes e os das pessoas, grandes
e pequenas, que nos são mais próximas. Todos os
demais nomes são fictícios, inclusive os das crianças,
mas suas palavras permanecem autênticas.*

A. d'A.

Gravidade

*Birth is not so much a beginning
as it is an abrupt change in which suddenly
there are different factors than those in the womb,
and there is gravity.**

Steve Paxton

Você é Daria. Você é *D'aria*, de ar. O apóstrofo a transforma em substância leve e impalpável. No seu nome, um destino que faz com que você não seja uma criatura terrena, porque nunca conheceu a força da gravidade que a chama para a terra. Gravidade que todos que nascem conhecem tão logo chegam ao mundo. Gravidade que o dançarino transforma em arte quando do chão se arremessa ao voo, e quando ao chão regressa, para cair e se levantar mais uma vez. Você não conhece o esplendor cotidiano de estar de pé, a "pequena dança" que move cada um na aparente imobilidade do corpo vertical. Nem imagina o mistério do peso que se transfere de uma perna à outra e dá origem ao passo.

É outra a gravidade que lhe diz respeito: "condição que provoca preocupação ou anuncia perigo". Condição que sempre acompanha os documentos que a definem: "pessoa com deficiência grave", "grau severo de baixa visão", "handicap grave", "auxílio para pessoa com deficiência muito grave"...

Que a terra — a vida sobre esta Terra — lhe seja leve, é o que desejo a você todos os dias. E com o desejo segue a ação, pois só ter esperança não basta.

Você é Daria, será *D'aria*, de ar.

---

* "O nascimento não é tanto um começo/ mas uma mudança abrupta na qual, de súbito,/ existem fatores diferentes daqueles do útero,/ e há gravidade." [N.T.]

Prólogo

É preciso relatar a dor
para se subtrair ao seu domínio.

Rita Charon

Faz algum tempo que não me lembro mais das coisas. Fica difícil nomear as pessoas, pronunciar palavras. "É a menopausa", diz minha ginecologista homeopática.

Menopausa induzida, mais precisamente.

Terapia anti-hormonal. Há quase dois anos.

Câncer de mama metastático no quarto estágio.

Ductal infiltrante.

Seio direito, quadrante superior.

Metástase óssea na D6.

Um espirro forte e... *crac*, a vértebra dorsal...

E não, não foi uma contratura. Não foi culpa da aula de dança que acabara de terminar nem do esforço diário de levantar seus escassos vinte quilos.

Demorei um tempo para entender. Até mesmo depois do relatório inequívoco da tomografia, minha mente se recusava a desenrolar aquele pequeno novelo que me crescera no peito e puxar o fio da causa ao efeito, até o tecido que se rompera nas costas. Coordenar a parte anterior com a posterior do meu corpo: era isso que eu tinha de fazer, simplesmente isso. E não fui capaz.

I

Em novembro de 2016, você estava internada num hospital para mais uma cirurgia, a terceira, no estômago. Então eu pulei o ultrassom de controle do seio. Pensava em remediar isso assim que voltasse para casa, ao retomarmos o ritmo regular que marcava nossos dias: casa, escola, centro de reabilitação... Porém, em vez disso, me esqueci, eu que a cada seis meses fazia os exames, alternando ultrassom e mamografia com um rigor militar.

Essa sua internação foi mais longa e difícil do que o habitual: a cirurgia antirrefluxo que alguns anos antes havia confeccionado uma válvula para você (sim, é assim que se diz no jargão médico, como se o fundo gástrico fosse um pacote de presente) tinha cedido, sendo agora necessário refazê-la. Além disso, havia aquela hérnia no diafragma: era necessário trazer o estômago de volta ao seu lugar, ancorando-o bem para evitar que voltasse a subir (como havia ocorrido antes) e comprometesse suas funções respiratórias.

Você passaria as horas seguintes à cirurgia na UTI, onde não nos era permitido pernoitar. Assim, o papai e eu nos vimos estranhamente livres para sair do hospital e ir comer alguma coisa. De carro, havíamos percorrido os poucos quilômetros que nos separavam do centro da cidade de um lugarejo à beira-mar. As ruas estavam desertas e a única pizzaria que o recepcionista do hospital nos indicara ("Digam que fui eu que indiquei") estava fechada para férias. De resto, estávamos em novembro, o mês de Finados, e, para o turismo balneário, o mês morto por excelência. Escolhemos o único lugar aberto, uma mistura de bar e pub, frequentado por dois gatos pingados solitários, com os olhares apáticos diante de uma cerveja ou um Cynar.

Não era a primeira vez — e não seria a última — que nos veríamos assim, um diante do outro, dispostos a qualquer coisa para desfrutar de algumas horas de sono, com vontade de tomar um banho quente e comer uma refeição que não viesse na forma de sanduíche. Contudo, o sentimento de culpa ("Ela está lá, sozinha, na UTI, e nós aqui, comendo fora") não preenchia completamente nossas cabeças vazias, perdidas atrás de um vago sentimento de liberdade por aquela inesperada saída noturna a dois que quebrava a rotina cotidiana marcada por turnos e papéis.

Quando você estava no centro cirúrgico ou na UTI, não tínhamos nenhum direito sobre você, nenhuma opinião a ser levada em conta. Outra pessoa monitorava seu sono, sua respiração, seu choro. Nós, do lado de fora, enfrentávamos a espera. Simulávamos os tempos — preparação, anestesia, cirurgia, fase do despertar —, ficávamos à espreita atrás de portas fechadas, interrogávamos com olhares emudecidos uma enfermeira que passava. No fim, como um chamado nos meandros de uma floresta, daquelas cavidades sombrias emergia de novo seu choro, inconfundível. Alguém se apressava para nos chamar. Rápido, venham rápido! Qual dos dois vai entrar? A mãe! E sobre mim, como um tapa em cheio no rosto, quebrava-se o grito da sua raiva desesperada. Você nunca falou, mas parece que eu ouvia suas palavras: "Mamãe, por que você fez isso comigo?".

O papai ficava do lado de fora, à espera, por um tempo que eu nunca conseguia mensurar. Às vezes, eu o via surgir, de repente, ao lado do leito, vestindo jaleco, touca e proteção para os sapatos, e quase não o reconhecia. Havia subornado alguma enfermeira, com aquele seu jeito engenhoso de napolitano que normalmente fazia com que me sentisse envergonhada, mas que no hospital eu havia em segredo agradecido mais de uma vez, eu que tinha vergonha de pedir qualquer coisa. Suas mãos grandes, seus olhos inchados de tanto chorar. "Amor do papai. Já vai passar...", ele sussurrava.

No entanto, daquela vez, ambos teríamos que esperar do lado de fora, até o dia seguinte. O papai se encaminhara relutante até o *bed & breakfast*, enquanto eu, de volta ao hospital, havia descoberto com amargura que seu leito tinha sido reservado para um caso de emergência que estava chegando ao hospital. Não ter um leito para você significava não ter uma poltrona para mim. "Sinto muito, mas a senhora terá de se virar como puder durante a noite", foi o que me disse a enfermeira-chefe, indicando-me a saída.

2

Passei os meses à sua espera trabalhando apaixonadamente num livro sobre teatro e deficiência. Precisava pensar em como estruturar o livro, cuidar da edição dos textos, escolher as fotos num vasto arquivo de imagens. O livro relatava a experiência de um laboratório integrado que há anos reúne jovens, com e sem deficiências, nas escolas de Roma. Naqueles dias, eu lia declarações dos integrantes do grupo teatral, os comentários das famílias e das próprias crianças/atores; compunha sequências fotográficas de rostos engraçados e desvairados, de olhares ausentes ou loucos, de gestos mínimos seguidos por ações mirabolantes. A teimosia dos professores e o impulso dos participantes me convenciam, até me comoviam.

No entanto, restava intacta em mim uma sensação de estranheza e distância: "Estou esperando uma menina sadia", dizia a mim mesma. "Tudo isso jamais me dirá respeito." Eu achava que a simples convicção de não querer um filho com deficiência ("Não saberia o que fazer, nunca seria capaz", eu repetia com veemência a mim mesma) seria o suficiente para me proteger de tal eventualidade. "E, em todo caso, há a amniocentese, há o ultrassom morfológico: com esses exames, pode-se saber tudo com antecedência e, se for necessário, optar por um aborto terapêutico."

Às vezes, quando olho para você, penso de novo no rosto daqueles jovens, nas suas máscaras cotidianas. Imagino que um dia você também poderia desempenhar o papel da pequena sereia numa cadeira de rodas no palco de um teatro e que eu poderia estar na plateia para aplaudi-la. Acho que, enquanto eu escrevia, seu olhar tortuoso e sorridente já espreitava naquelas páginas do livro. E que agora nós também fazemos parte daquela grande família.

Quando se tem um filho que é uma pessoa com deficiência, você caminha no lugar dele, enxerga no lugar dele, pega o elevador porque ele não consegue subir escadas, dirige o carro porque ele não consegue subir num ônibus. Você se torna suas mãos e seus olhos, suas pernas e sua boca. Você substitui o cérebro dele pelo seu. E aos poucos, para os outros, você também acaba se tornando uma espécie de pessoa com deficiência: uma pessoa com deficiência por procuração.

Tenho certeza de que esse é o motivo pelo qual muitas pessoas me chamam pelo seu nome. É um lapso frequente, um processo inevitável de identificação. Passar horas e horas da própria existência nos hospitais, nos centros de reabilitação, nos postos de saúde, na companhia de médicos, enfermeiros, fisioterapeutas, de outras famílias de pessoas com deficiência, ajuda a acelerar esse processo de substituição progressiva da identidade. Não sou eu, sou a "mãe da Daria". Aliás, sou "a mãe" e ponto. Entrar nos corredores dos hospitais significa que invariavelmente tenho que deixar de ser quem sou e me tornar "mamãe". É assim que as enfermeiras nos chamam. Não somos "senhora". Somos "mamãe". Não mais mulher nem mais pessoa, só um papel, uma "função em si". De resto, somos nós, mães, as primeiras a nos chamarmos assim.

"Você está com coceira? A mamãe coça", diz Tatiana, deitada no leito diante do seu, ao lado do pequeno Lorenzo, durante uma noite de choro interminável.

Você está com dor? A mamãe faz uma massagem. Está com calor? A mamãe abana. Está com frio? A mamãe cobre. Está ardendo? A mamãe sopra. Está com sono? A mamãe nina. Não consegue dormir? A mamãe conta uma história. Está chorando? A mamãe consola.

As salas de espera são os lugares dos encontros. Mães e filhos, às vezes pais. Nas crianças, vejo de novo você pequenina, ou uma projeção sua crescida num futuro próximo. Nas mulheres, vejo-me refletida. Nelas, encontro partes de mim, provações de coragem e momentos de fragilidade na mesma medida.

Nos casais, observo hierarquias e papéis, relações de força e dependências recíprocas. Às vezes, o que vejo me provoca terror. Mulheres deprimidas, acima do peso, agarradas a saquinhos de batatas fritas e refrigerantes, eternamente vestidas com roupas de ginástica. Mulheres com os olhos marcados por noites de insônia, os braços cheios de arranhões e mordidas dos filhos, os cabelos que não sabem o que é um cabeleireiro há meses. Ou, no outro oposto, mães-heroínas: com superpoderes, maquiadas e vestidas muito bem a qualquer hora do dia, que não deixam a peteca cair, não mostram nenhum sinal de abatimento. E também as mães-hienas, sempre bravas, sempre na trincheira, pois "ai de quem tocar no meu filho". Já eram assim antes? E eu, como era antes? E o que me tornei agora? Não quero ser como elas.

Nas salas de espera, diante da dor dos outros, as chagas se renovam. Meu tormento é o deles, multiplicado ao enésimo grau. No começo, eu não suportava. Passava dias inteiros de internação chorando por trás dos óculos de sol, enquanto diante de mim desfilava o inferno.

Algumas figuras ficaram cravadas na minha memória.

Uma garota em cadeira de rodas que o tempo todo morde a própria mão direita enquanto a mãe tenta segurá-la uma, dez, cem vezes. O hematoma roxo no dorso da mão.

Um garotinho uiva a intervalos regulares. Como um lobo. Como deve ser conviver com um lobo que uiva o dia inteiro?

Uma garotinha surdocega mostra a língua e assopra. Sei que é uma estratégia para que possa ser ouvida, contudo não consigo suportar, é mais forte do que eu. Como é possível tolerar o dia inteiro aquele som tão perturbador para os ouvidos? O que eu faria se aquilo acontecesse comigo?

Um casal de pais, ela com mais ou menos cinquenta anos, ele mais velho. Uma filha adolescente semideitada na cadeira de rodas, um babador gigante, a térmica cheia de mingau. A mãe — nos pés, um par de sapatos scarpin de salto médio — alterna colheradas rápidas com uma limpeza rápida da boca. O pai — uma juba de cabelos completamente brancos —, depois do almoço, lhe faz carinhos infinitos. Distribuição das tarefas, jogo de equilíbrio que em pouco tempo pode mandar tudo para o espaço. Já vi ocorrer dezenas de vezes: discutir por causa da manga de um pijama enrolada do avesso, por causa de um travesseiro mal-ajeitado, por causa de um soro no qual se roçou sem querer. Quantas recriminações pressionam a película fina do silêncio, prontas a serem cuspidas para fora como um jorro de vômito, as noites insones como detonadoras. Nosso terceto está diante do terceto mais velho. Vejo nós três, como refletidos num espelho, num tempo não tão distante no qual nossos olhos estarão um pouco mais apagados do que hoje. Como os olhos de salto médio, juba e mingau, bem à nossa frente. A angústia me circunda, olho para o seu pai e sei que ele nos vê, bem ali em frente, refletidos no futuro que nos espera. Então nos abraçamos, como dois náufragos condenados a sobreviver.

Depois, lembro-me de Mortícia e do homenzinho Michelin, mãe e filho. Ela é magra como uma vareta, completamente vestida de preto, os olhos bem maquiados, a pele muito alva, os cabelos lisos, pretos como a asa da graúna. Ele, oito anos, cabelos raspados, inchado de cortisona, sentado no leito diante do nosso. Está fazendo as tarefas. Tem um câncer no cérebro e, enquanto espera a morte, faz as tarefas. Não está jogando PlayStation, não está fazendo birra, não está ouvindo música, não está se queixando. Não: faz as tarefas com seu belo caderno e faz o possível para não atrapalhar.

À noite, no hospital, para mim é quase sempre impossível dormir: se tenho sorte, são os problemas dos outros que me mantêm acordada, mas com maior frequência é você que passa mal, que precisa de mim. Parece que o dia nunca vai raiar. Durante uma dessas vezes que acordei, levantei-me da poltrona e o vi, o homenzinho Michelin, na penumbra, diante de mim. Levantou-se e está sentado no leito, e me encara com um olhar que jamais esquecerei. Um pequeno Buda silencioso, uma esfinge impenetrável. Não diz nada, não se move, não sorri, quase não respira. Não quer incomodar, não quer acordar sua mãe, preocupa-se demais com ela. Tanto autocontrole, tanta consciência da sua própria condição me aterroriza. É uma criatura ultraterrena. Antes de deixar o hospital, abraço Mortícia. Como é diferente, vista de perto. Seus olhos são águas claras e transparentes nos quais é possível se afogar, depois de ter atravessado o limiar da maquiagem carregada. Despeço-me do seu menino tão bem-comportado, educado, estudioso. Imagino-o já se encaminhando para um outro mundo.

23 de abril de 2012

No parque, passeio com você na cadeira de rodas.

Uma menininha de uns quatro anos se aproxima, junto com a mãe.

"O que aconteceu? Ela bateu em alguma coisa?", pergunta a pequena.

A mãe se inclina em sua direção e, com muita doçura, sussurra-lhe alguma palavra ao ouvido.

Ela, indicando a cadeira de rodas, responde: "Mas aqui devem ficar as pessoas, não uma garotinha!".

3

Depois do diagnóstico, prescreveram-me o uso de um colete ortopédico para evitar o risco de um colapso das vértebras. Além do mal-estar, do calor, das chagas que as barras de metal provocavam no meu esterno, aquela couraça que deveria me proteger também sancionava, sem possibilidade de apelo, meu distanciamento físico de você.

Eu não deveria fazer nenhum tipo de esforço, muito menos levantar pesos, portanto pegá-la no colo era absolutamente proibido. Você pesava pouco mais do que vinte quilos, peso ínfimo para uma garotinha de onze anos, mas era comprida, seus espasmos, as clonias, eram difíceis de conter, você oscilava entre a hipotonia e a hipertonia, passando por movimentos decompostos de uma marionete à imobilidade pesada de um saco cheio de areia. Com você, era necessário ter braços fortes e pernas ágeis, tudo isso articulado por costas de ferro. E velocidade para se esquivar dos socos e mordidas involuntários. Eu sabia que você não fazia isso por querer, contudo, quando acontecia, eu não conseguia esconder um gesto de ressentimento. Mas jamais gritava ou manifestava a dor, senão você ficava muito chateada, de cara fechada, e era preciso consolá-la. Era um cansaço a mais.

Agora, pela primeira vez, um obstáculo, um impedimento físico, interpunha-se entre mim e você, segregando nossos corpos. Se eu tentava segurá-la um pouco sobre meus joelhos, sentada na poltrona, ou pedia para alguém acomodá-la ao meu lado no sofá, precisava cuidar para que o metal da cinta não batesse em você. Quando isso acontecia, você me olhava com um ar surpreso, talvez se perguntasse quem seria esta mãe embalsamada em posições rígidas e estáticas. Onde foram parar o calor e a maciez dos meus abraços?

Usei aquela cinta por seis meses, o tempo das consultas, dos cuidados, das terapias, um tempo passado no sofá — eu me cansava com facilidade — que se tornara meu lugar fixo, um tipo de torre de vigia da qual eu observava: a babá que a acompanhava à escola e à terapia, o papai que a acompanhava ao day hospital. Sua vida seguia, aparentemente sempre igual, mas eu não era mais o motor. Estava lá, desligada, como se um cabo de alimentação tivesse sido removido de mim.

As sessões diárias de radioterapia me provocavam tamanha exaustão que, quando você voltava da escola, eu nem sequer conseguia me levantar do sofá para ir até você e dar-lhe um beijo. Eu não reclamava, aliviada pela ideia de ter evitado a quimioterapia.

Mas aquela cura era invisível e sorrateira, não deixava nenhum vestígio óbvio, nada de hematomas nos braços nem calvície alguma a ser dissimulada sob um boné. Havia somente um enorme, infinito cansaço. Eu imaginava que ele me penetrasse pelos pequenos alvos que tatuaram no meu esterno e nas laterais do tórax, pontos de referência graças aos quais a máquina era alinhada milimetricamente para que a radiação pudesse atingir com precisão a lesão óssea. Deitada, a metade superior do corpo descoberta, nos poucos minutos de imobilidade do tratamento, eu fechava os olhos e me concentrava nas saídas de ar do teto, nos sons produzidos pela máquina, seus movimentos ao redor do meu corpo. Sentia a espessura da parede que me separava de quem, a uma distância segura, apertava os botões que operavam o braço mecânico segundo uma sequência predeterminada. Aquela parede era a fronteira que dividia os doentes dos saudáveis, os ainda em cura dos já curados. Do lado daqui do muro, eu me sentia cercada, inerme, profundamente sozinha. Mas a sala de espera também não me dava conforto algum. Eu observava meus companheiros com distanciamento. Eram todos mais velhos do que eu. Alguns, idosos e maltratados, carregavam em si as marcas de males antigos ou de outras curas pregressas que talvez não tivessem surtido o efeito esperado. Seria diferente para mim? Se saísse dessa, que marcas eu carregaria comigo?

Tinha escolhido a faixa horária do começo da manhã, impondo a mim mesma chegar a pé até o hospital. Assim, todos os dias, eu levantava com o despertador, ao amanhecer, e em quinze minutos estava fora de casa. Você ainda dormia, e mais tarde — sentada no banco da seção de radiologia com o jornal nas mãos — eu receberia a foto do seu rosto sorridente e com sono, acompanhado da mensagem da sua babá: "Bom dia, mamãe, dormi muito bem". Se não houvesse ninguém ouvindo, eu respondia com um áudio. Sabia que seria uma diversão ouvir minha voz, e queria que você começasse o dia lembrando sempre que em algum lugar, não muito distante de lá, eu ainda estava por aqui.

Eu gostava de percorrer os poucos quilômetros do trajeto enquanto a cidade ainda dormia. Os semáforos piscando, os poucos carros se agarrando às últimas oportunidades para correrem numa velocidade desenfreada. Faróis e postes acesos, ainda que por pouco tempo. Na cafeteria, no térreo do prédio, ligavam a máquina de fazer café e se ouviam pires, xícaras e colherzinhas batendo no balcão. Em frente, junto à entrada, uma caminhonete lotada de operários e um caminhão de lixo estacionado em fila dupla paravam para tomar o primeiro e o último café.

As ruas fediam a urina e lixo. Eu passava ao lado das latas resistindo à tentação de seguir com os olhos os sinais sonoros de farfalhar. Tinha nojo de ratos, tentava ignorar sua presença mantendo o olhar para o alto. Não muito, porém, para não correr o risco de pisar num cocô de cachorro, ou acabar dentro de uma poça de mijo ou em restos de vômito, ou cair num buraco. Nas primeiras horas do dia, Roma surgia em toda a sua desolação de latrina.

Na entrada do túnel, eu cobria minha boca com o cachecol, a outra mão no bolso segurava com força uma caneta de spray de pimenta que me fora dada de presente. No passado, eu nunca tinha medo, mas agora, sim. Acelerava os passos, olhava ao redor, imaginava agressões na escuridão da galeria enquanto os carros passavam rápidos e indiferentes. Ninguém teria parado.

Contudo, naquela cidade destruída e abandonada, eu me espelhava. Ao atravessá-la, parecia-me que a vida corria toda diante dos meus olhos, como dizem que acontece quando estamos prestes a morrer.

Durante meu percurso, relembrava com ternura de mim trinta anos antes, as longas tranças loiras, a saia azul e a blusa com gola de tule que usava assim que me formei na academia de dança: a imagem perfeita de uma aluna-modelo, nada de maquiagem, coque impecável, e nem pensar em mascar um chiclete.

Roma me acolhera apertando-me no abraço do anonimato e eu me acomodara nele, escondendo-me entre suas dobras, finalmente livre para me confundir com a multidão da cidade grande. Aqui, eu não era mais "a filha do Hotel Mara", como me chamavam no meu vilarejo de origem, e isso era um grande alívio.

Parti logo depois do término do ensino médio, decidida a transformar minha paixão pela dança num projeto de vida, ainda que não conseguisse de fato imaginar seus contornos. Arremessada naquilo que me parecia o centro do universo, sentia-me enfim no lugar certo, lá onde tudo começava e onde, eventualmente, era possível se encaminhar "para qualquer outro destino". Ou assim estava escrito na caixa de correio à qual, depois de comprar, lamber e colar no envelope o selo, eu entregava com trepidação minhas cartas da capital.

Em direção ao hospital, eu sentia reviver a lembrança daquela antiga entrega juvenil, um simples rabisco, já enterrado pelo peso de uma condição de desenraizamento vivida havia mais de trinta anos. Trinta anos passados oscilando entre o desejo de marcar uma diferença ("Quero fazer outra coisa na vida") e a perda do pertencimento ("Se tivesse ficado aqui, quem sabe, poderíamos ter ajudado, mas você foi embora, agora se vire...").

Como Metastasio que, já velho, escreve numa carta: "Ainda estou distante do ponto do qual parti", me convenço de que a necessidade de me manter ainda distante do meu ponto de partida ainda me pertence. Mas é um balanço deficitário, se aquela necessidade nunca parou de colidir contra um sentimento de culpa também muito tenaz. A culpa dos que partiram e não voltaram mais.

Depois do compromisso diário com a radioterapia, eu me encaminhava lentamente para casa. Sitiada pelo trânsito, a cidade havia mudado de cara. Pouco tempo antes, espelhava-me em suas rachaduras, e agora, depois de uma hora, seu ritmo acelerado me era estranho. Estudantes saíam correndo dos túneis do metrô, enfermeiras e funcionários de escritório desciam do bonde, com as bolsas sobre os ombros, as lancheiras nos braços.

Às oito e quinze, antes de você ir para a escola, eu já estava de volta. Ao esgotar o dever de cuidado, o dia se abria diante de mim. Tudo o que eu tinha de fazer era me deixar devorar pela sua boca aberta.

4

Eu nunca tinha visto um recém-nascido de perto. E achei normal que você fosse tão miúda. Uma laranja no lugar da cabeça. E aquelas duas gotas pretas, longas e finas, em vez de pupilas redondas, até elas eu achei normal. Isso, normal. E por que você não seria normal? Eu havia feito tudo o que era necessário, como uma boa e velha primípara: exames de sangue periódicos, amniocentese, ultrassom morfológico: tudo estava normal. Na noite de 27 de novembro de 2005, puseram você deitada ao meu lado e nos levaram para a enfermaria. Lembro-me de que dormi muito pouco e, quando amanheceu, você começou a chorar. "Isso é normal", pensei.

Que você choraria por muito tempo, para extravasar sua raiva por ter vindo torta ao mundo, eu descobriria mais tarde. Mas não naquela época. Então, ainda era um momento de alegria e encantamento. Era domingo, um dia perfeito para visitar as novas mães: nenhum parto programado, poucos médicos por perto, enfermeiras mais indulgentes com pais e parentes.

Seu pai e as amigas queridas vieram. Com flores. Martina disse que você era bonitinha. E que era pequena. Sempre senti que, muito antes de mim, ela havia intuído alguma coisa, mas só pude confirmar anos mais tarde, quando ela me confessou que naquele dia saiu do hospital e, ainda no estacionamento, ligou para Francesca. "Tem alguma coisa errada", disse a ela.

Claro, comparada com o bezerro que ocupava o berço ao lado, você era minúscula. Percebi isso nas horas seguintes quando, depois das visitas, fiquei sozinha com minha companheira de quarto. O gigante chupava com avidez o leite do seio da mãe: seios enormes, que a garota me mostrava com orgulho na sua nudez, repetindo de forma contínua: "Olha, olha: estou esguichando leite!". De fato, o líquido jorrava espontaneamente dos seus mamilos, molhava seu protetor de sutiã, sua camisola. Ela estava orgulhosa disso: era a prova evidente da força vital de mãe. Meus seios, ao contrário, eram pequenos e estavam vazios, ou pelo menos era o que eu acreditava. Você gritava e aquela jovem mãe olhava para mim com reprovação: devia deixá-la colada ao seio, devia trocar-lhe a fralda, era o que deixava a entender. Não havia nem sombra da enfermeira. Sentia-me sozinha e abandonada. O bezerro cabeçudo chupava com avidez o leite dela e eu, de um jeito ou de outro, escalava minha primeira noite de mãe num estado de suspensão e espera que anunciava a tempestade.

Na manhã seguinte, nos chamaram na enfermaria para fazer a consulta pediátrica de rotina. A médica de plantão mediu a circunferência do seu crânio, 31 centímetros, e pediu um ultrassom do cérebro. Explicou que, às vezes, a cabeça dos recém-nascidos assume uma forma anômala devido à passagem traumática pelo colo do útero, mas que tudo se acerta nas horas seguintes. Depois do ultrassom, a pediatra veio até o quarto e se aproximou do meu leito. O exame — disse — havia detectado uma "agenesia do corpo caloso". Eu não tinha ideia do que isso queria dizer. Ela me explicou que o corpo caloso é um tecido que une os dois hemisférios do cérebro e que você não tinha esse tecido. Nesses casos, acrescentou, a criança pode apresentar um retardo de vários graus, leve ou grave. Mas também disse que havia pessoas adultas sem corpo caloso que levavam uma vida absolutamente normal. Em breve, agendariam uma ressonância magnética para verificar se era um problema isolado ou se estava relacionado a outras anomalias.

"Analgesia" do corpo caloso. Não, não... "anagesia" do corpo caloso. Puxa vida, eu não conseguia decorar aquela maldita palavra.

Telefonei para seu pai que, no meio-tempo, havia voltado para Nápoles, telefonei para a vovó, que já estava no carro rumo ao hospital. O vovô e sua tia tinham vindo até Roma para encontrá-la e, para fazer uma surpresa para mim, traziam também suas primas. Era necessário festejar o evento feliz. Quando entraram no quarto, eu os recebi aos prantos: estava perturbada com a notícia que acabava de receber, mas precisava me conter para não assustar as meninas. A vovó e sua tia me perguntaram se eu já lhe dera o peito. Respondi que tinha tentado, mas sentia muita dor. Disseram que era absolutamente necessário tentar de novo, forçaram você entre meus braços, abriram sua boca. Lembro-me disso como um ato de violência sem precedentes. A dor, o rasgo. Talvez algo tenha despertado no meu cérebro: uma sensação de estranheza em relação a você. Você não podia ter nascido de mim, não era possível que fosse do meu sangue. Contudo, era assim: sua boca colada ao meu mamilo e a dor que eu sentia estavam lá para demonstrar isso.

Enquanto isso, tentei encontrar por telefone o ginecologista que havia acompanhado minha gestação: ele trabalhava naquele hospital, havia me aconselhado a dar à luz lá. Contei a ele sobre aquele primeiro diagnóstico parcial, pedi que consultasse seus colegas do departamento e que me retornasse a ligação para dar notícias. Esperava, no íntimo, que ele me tranquilizasse, mas, em vez disso, ele reagiu com frieza. Não me telefonou, nem naquele dia nem nunca mais. Sem que eu notasse, havia começado a Grande Fuga. Eu não tinha percebido o tom lamentável nas meias-palavras de uma enfermeira que, quando pedi esclarecimentos sobre o ultrassom, respondeu assim: "São exames que se costuma fazer, especialmente quando os bebês são tão pequenos assim...". Pequena, pequena Daria. Em poucos dias, levaram-na para a UTI neonatal, não porque você estivesse com o peso baixo, como a maior parte dos prematuros que ocupavam as incubadoras daquele setor, mas para que fizessem "todos os esclarecimentos do caso". EEG, ECG, PEV, ERG... eu iria me habituar rapidamente com as abreviaturas do jargão médico.

Para vê-la e amamentá-la, eu deixava o setor de obstetrícia e atravessava os corredores onde, nos bancos, ouvia minhas companheiras do curso de preparação para o parto dividir impressões sobre os primeiros momentos de vida de suas crianças. Estavam cansadas, mas também relaxadas. No começo me cumprimentavam sorrindo, mas a partir do momento em que ficaram sabendo que você tinha sido levada para a UTI neonatal, começaram a baixar os olhos quando eu passava. As tropas da Grande Fuga engrossavam suas fileiras...

Também me mudaram de quarto, dando-me um leito mais capenga, distante do berçário, onde você já não tinha mais direito de cidadania. Você havia sido rebaixada, e eu junto. Mas ninguém se deu ao trabalho de evitar que, no leito ao lado do meu, pusessem uma mulher em trabalho de parto. Quando respondi às suas perguntas insistentes sobre o parto dizendo que você havia nascido com um problema no cérebro, ela parou de me interrogar e se concentrou nas suas contrações. Senti inveja, ela ainda tinha uma porcentagem significativa de possibilidade de que a coisa saísse melhor do que no meu caso.

Tenho lembranças confusas daqueles primeiros dias, sobretudo imagens: meu roupão de seda leve demais para o frio de novembro, os olhares atônitos dos amigos, a dor dos pontos que me impedia de dormir, o rugido dos pensamentos que se amontoavam na minha mente.

Tenho uma visão de mim mesma, espectadora que observa uma cena do alto por uma câmera de segurança. Evidentemente aquilo que está acontecendo comigo é insuportável, não consigo ficar naquele corpo. Vejo-me em pé, no corredor. Olho do lado de fora da janela. No pátio, no escuro, um gato procura abrigo da chuva. Está molhado, com frio, assustado. Um animal sozinho na tempestade... aquele gato sou eu.

5

Há algum tempo, todas as vezes que me aproximo de você, para roçá-la com um beijo ou um carinho, você tenta me morder. É um reflexo muscular que você sempre teve, e que no decorrer dos anos fez algumas vítimas — por sorte, sempre alguém da família. Mas agora é diferente, parece-me que há algo a mais. O primeiro pensamento é que você esteja com raiva de mim e queira me punir por alguma coisa. Nunca vou saber se é um pensamento correto ou não, essa é uma das tantas coisas difíceis de aceitar.

Você está prestes a fazer catorze anos, suas formas estão se arredondando um dia após o outro diante dos meus olhos incrédulos. Era uma menina e agora tem o aspecto de uma moça. Sabe-se lá como você está vivendo a transformação do seu corpo, sabe-se lá se está sofrendo, se você sente dor nesses mamilos tão inchados que nasceram. Sabe-se lá se você tem alguma consciência do seu crescimento parcial, deste paradoxo: você se torna uma mulher, está próxima ao desenvolvimento, ganhou peso e as pernas estão mais compridas. Porém, a esse crescimento corporal não corresponde o desenvolvimento intelectual nem a aquisição de nenhuma autonomia. Passamos das fraldas pequenas às fraldas grandes, banhá-la se tornou difícil, não só porque me falta força. A necessidade de ter algo que possa levantá-la brota na minha mente e começo a me acostumar à ideia de deixar entrar em casa mais uma engenhoca horrorosa.

Foi assim para todos os auxílios que, antes mesmo de ter um espaço efetivo dentro de casa, tiveram de encontrar espaço dentro da minha mente. Entraram, aos poucos, os diversos sistemas de adequação postural, e depois a cadeira de rodas, a estática para deixá-la numa posição vertical, a cadeirinha para a ducha, a cadeira para ir ao banheiro, que coloquialmente se diz "cômoda". E mesmo quando não eram grandes ferramentas, essa intrusão na nossa vida sempre teve de superar a barreira da aceitação primeiro: assim foi com os tutores ortopédicos, o corretor de postura, o PEG, aquele "botãozinho" que fecha a gastrostomia através da qual podemos alimentá-la e mantê-la hidratada com um acesso direto no estômago. Cada novo dispositivo é uma admissão da incapacidade, está lá para destacar tudo aquilo que você não pode ou não sabe fazer, e que será necessário ajudá-la a fazer para sempre. Todas as vezes é um golpe — aguento a derrota e sigo adiante.

Quando você era pequena — e você foi pequena por muito mais tempo do que as outras crianças —, nossa relação era principalmente física. Tudo passava pelo contato: pele a ser tocada, lágrimas a enxugar, barriga a ser massageada, pés a serem esquentados, dedos para relaxar, cabelos a receberem cafuné... Seu corpo falava, meu corpo se esforçava para ouvir o que o seu tentava dizer. Quanta frustração, quantas tentativas fracassadas, quantos sintomas eu experienciei — os sentidos escancarados — como se você os tivesse transmitido por osmose: dor de barriga, insônia, solavancos, uma simbiose absoluta, ao mesmo tempo misteriosa e carnal. Ainda hoje, se você se move apenas um pouco ou esboça uma reclamação no seu quarto, eu ouço da sala, encobrindo as vozes e a televisão, ouço antes de você começar, numa constante antecipação da necessidade. "É a Daria!", digo ao papai. "Mas como você consegue? Não ouço nada", é o que ele sempre responde.

Agora que você cresceu e eu adoeci, o encaixe dos nossos corpos já não é mais possível. Depois de tantas noites insones passadas com você nos braços de um lado para o outro do corredor, ou na cama, você deitada sobre mim (barriga com barriga) ou ao meu lado (sua cabeça pesada no meu ombro), agora sinto falta daquela intimidade total: respiração, cheiro, saliva, meleca de nariz, suor, cabelos grudados.

Toda doença rompe um equilíbrio. Isso ocorreu, antes de mais nada, dentro de mim, e depois, inevitavelmente, na nossa relação.

O que mudou no momento em que, nos prontuários médicos, já não era mais seu nome que aparecia, mas sim o meu?

No jornal, uma notícia chama minha atenção: o pai de uma mulher com deficiência, depois de ter cuidado dela por trinta e sete anos, tira a própria vida pulando do oitavo andar ao ser diagnosticado com Parkinson. Uma existência inteira dedicada ao outro implode diante do medo de não conseguir mais cuidar de si para poder cuidar de quem se ama.

Se o diagnóstico do tumor me conferiu plena cidadania no país dos doentes, no qual até aquele momento eu havia sido, graças a você, uma cidadã honorária, como seria possível administrar minha entrada no "lado noturno da vida"?

Se eu quisesse me curar, você já não poderia ser meu centro, eu precisava me deslocar, me situar de novo num outro lugar. Para sobreviver, precisava encontrar um centro que fosse meu, minha cura. Mas como? E a que preço? Não correria o risco de, talvez, me afastar de você?

Atravessei meses de desorganização, órfã do nosso entendimento, incapaz de preencher uma distância que me parecia aumentar a cada dia. A adesão do seu corpo inteiro no meu já não era mais possível e isso, no começo, me assustava, deixava-me perdida, privada de você.

Mas até essa foi uma passagem obrigatória, uma mudança que me forçou a reformular nossa relação. Começar de novo, elaborar uma nova estratégia para me comunicar com você.

Na escrivaninha, permanecia o peso de papel azul em formato de coração, com sua mãozinha impressa na época do jardim de infância. Sua pequenez fechada num coração de barro, como um vestígio arqueológico, uma pegada petrificada no tempo.

6

"Mas agora a senhora precisa sair. Pode somente se sentar ali e esperar." O anestesista é um homem alto, elegante, de cabelos brancos. Tem um tom de voz pacato mas decidido, uma autoridade. Você tem três dias de vida, é uma bebezinha enrolada em panos e deposta no cilindro de metal da ressonância magnética. Está deitada imóvel, dormindo. "Diazepam não é água...", o médico comenta. Estou sozinha, no subsolo do hospital. Não posso fazer nada além de seguir as instruções dele. Esperar que a manjedoura faça o exame do seu cérebro e cuspa a sentença: "Condição de malformação a ser enquadrada dentro de uma holoprosencefalia semilobar (HPE), conforme documentado pela fusão dos lobos frontais, o aspecto extremamente rudimentar dos chifres frontais ventriculares e a agenesia parcial do corpo caloso no qual pode ser observado somente um vestígio do esplênio. Também se constata hipoplasia extrema do quiasma ótico, dos nervos óticos e do córtex olfativo".

É isso que está escrito no laudo, que abre caminho para mais uma semana de exames: consulta com o neurologista, consulta com o oftalmologista, ecocardiograma, eletrocardiograma, ultrassom dos rins, audiometria do tronco encefálico. É necessário verificar a funcionalidade dos órgãos principais, entender se e o quanto você enxerga e ouve, avaliar sua postura e o tônus axial.

Recebi alta, mas continuo passando meus dias no hospital, onde a acompanho de uma enfermaria a outra para realizar exames e, durante as horas permitidas, entro na UTI neonatal para amamentá-la. Dócil, assimilo a rotina de vestir o jaleco, a máscara, a proteção para os sapatos. Aprendo também a ordenhar o leite, com resultados pífios. Meu seio não quer saber de nutri-la. As enfermeiras não me acolhem muito, os médicos se limitam a emitir seus laudos diários sem que seja possível obter um quadro geral da situação. Ninguém me explica nada, ninguém me diz uma palavra de conforto. São ordens e procedimentos que preciso aprender a fazer com rapidez. Horários de entrada e saída para memorizar, formas para esterilizar a bomba de extração de leite depois do uso, registro da pesagem antes e depois da mamada...

Algumas amigas vêm vê-la nos horários de visita. Levanto-a do bercinho e mostro-a pelo vidro, sem nenhum orgulho materno. De noite, em casa, espera-me sua avó, que ficou em Roma por alguns dias. Devo ainda ordenhar o leite, para estimular o seio do qual todo impulso de vida parece ter fugido. Estou cansada, fisicamente exausta pelo pós-parto, desprovida de qualquer energia. A vovó tenta me animar como consegue, diz que preciso estar tranquila, que vamos ver, que talvez não seja algo assim tão grave, mas é claro que não sabe o que dizer, que foi atingida de forma repentina por algo maior do que ela imaginaria suportar.

Uma semana depois, o telefone continua tocando, mas Claudia e Roberta, amigas queridas, atendem e dão notícias para evitar a desolação de que eu passe pelos cumprimentos. São profissionais da organização, tomam nas mãos a situação, planejam os turnos para que eu seja acompanhada até o hospital de carro e passam muitas horas na sala de espera enquanto eu fico com você durante os exames programados. Nas semanas seguintes, quando você começar a manifestar sua dificuldade de estar no mundo com choros incessantes, elas contribuem passando algumas noites no sofá da sala, retirando-a de meus braços para que eu possa dormir pelo menos uma hora. A lembrança daquelas tentativas me enche de ternura: tentavam, com a força do coração e o ímpeto da vontade, acalmar um clamor que iria precisar de soluções bem diferentes.

Lembro-me de Mario sentado a uma mesinha de um café do lado de fora do hospital. Acabaram de me comunicar o êxito da audiometria e parece que sua audição está dentro da normalidade. Ele tenta ilustrar as vantagens dessa notícia: pelo menos, você não irá viver isolada no silêncio. Valorizo a tentativa dele, mas não consigo sentir nenhum alívio.

Em breve, o termo holoprosencefalia, HPE, entrará para nosso vocabulário cotidiano. A internet nos fornecerá as primeiras informações: percentuais, estatísticas, dados a respeito de sobrevivência, idade e expectativa de vida, nível de gravidade das complicações associadas. Mas é insustentável olhar as imagens. Nos casos mais graves, os fetos apresentam malformações horríveis do rosto: fissura labial e palatina, ciclopia... Será necessário um mês para que a internet se transforme num instrumento útil para compreensão. E para preencher o vazio deixado pelo silêncio e pelo sarcasmo de alguns médicos aos quais, com temor, eu me aventuro a pedir notícias. "Doutor, mas essa cabecinha ficará para sempre tão pequena?", pergunto, sem perceber a estupidez da minha questão. "Senhora, se eu fosse você, iria me preocupar com o tipo de vida que sua filha terá, se ela conseguirá andar..."

Burra, que burra eu. Que idiota, que imbecil. A verdade é que não estou nem um pouco pronta para a tarefa que me aguarda. Contudo, chegou o dia de levá-la de volta para casa.

Embora eu não veja a hora de sair de lá, vivencio a saída do hospital como um verdadeiro salto no escuro. O papai e eu, depois de você receber alta, saímos pelos corredores procurando a pediatra que assinou o primeiro diagnóstico funesto. De todos os médicos, ela nos pareceu a mais disponível, e nos agarramos àquela pincelada de humanidade, ávidos por sugestões, indicações, explicações. Carregados de malas, com você enfiada num carrinho muito grande herdado da sua tia (que nos dias seguintes será batizado de "O Potemkin"), buscamos a médica de sala em sala, anotamos os números de telefone e endereços do consultório particular e de casa, os horários de consulta. Calculo na mente o trajeto para chegar lá, é tão longe de casa e eu tão desorientada. Só pensar nisso já me causa um pavor.

A pediatra diz que nos primeiros meses é preciso considerar você uma recém-nascida como todas as outras: uma frase tranquilizadora e aparentemente inofensiva, banal, de cuja superficialidade nunca deixarei de me queixar. Como é possível dizer algo tão equivocado à mãe de uma criança com uma malformação cerebral? Como alguém pode tirar proveito da sua autoridade e, ao fazê-lo, incutir numa mulher a semente de um sentimento de culpa que, nos próximos dias e meses, crescerá no seu peito como uma erva daninha até sufocá-la? Quando — muito em breve — começarem o choro e os gritos, as noites intermináveis, as longas horas no corredor, essa mãe se convencerá de que isso é normal, que todos os bebês choram, ela se recriminará por não ter paciência o suficiente, se convencerá de que é ela quem está errada. Por que, nessa ocasião, não falar pelo menos uma palavra sobre a possibilidade de ataques epiléticos, refluxo gastroesofágico, disfagia, insônia... algumas das muitas patologias ligadas à HPE? Talvez isso ajudasse, talvez tivesse me poupado meses de um inferno diário impossível de expressar em palavras. Não, sou incapaz de falar dessa minha dor, e nem me atrevo a pensar na sua. Sou salva pela ilusão de que você não tem lembranças desse sofrimento.

26 de novembro de 2012

Acompanho-a até a escola depois da fisioterapia.

É uma hora da tarde, o pátio está repleto de gritos e corridas de crianças.

Enquanto me atrapalho abrindo a plataforma elevatória para cadeira de rodas que nos permite subir, uma menina de sete ou oito anos se aproxima, seguida pelas coleguinhas; curiosas, querem ver para que serve a ferramenta misteriosa.

Aperto o botão e a plataforma começa a se elevar.

"Está voando!", exclama uma garotinha.

"Está voando! Está voando! Está voando!", grita em coro o pequeno grupo, antes de se dispersar.

Só uma delas fica parada e me encara, atônita.

Fala para si mesma em voz alta: "Nem acredito!".

"Você viu?", respondo. "É mágica!!!"

Amanhã você fará sete anos. Parabéns, garota mágica.

7

Talvez pelos seus seios fartos, não sei, mas sempre imaginei Francesca como mãe. Mesmo antes, muito antes de que se tornasse mãe. E sempre pensei que desejava se tornar mãe. Gostava de acreditar nisso, me tranquilizava, talvez correspondesse à ideia que eu tinha dela: um marido, uma casa distante do caos da cidade, uma vida normal cujo nascimento de um filho teria feito com que se tornasse ainda mais perfeita. "Por que você não faz um?", perguntei-lhe certa vez, sem rodeios, com uma leviandade — ainda não éramos tão íntimas — que aos olhos dela se converteu instantaneamente numa estúpida superficialidade. Ela me deu a entender que estavam tentando, que não era assim tão simples. Mas o fez com uma doçura que até hoje me provoca gratidão, sem nenhum tom de repreensão por eu ter feito uma pergunta tão inoportuna de forma tão direta e indelicada, mas cuja sinceridade ela evidentemente havia compreendido.

No começo dos anos 2000, a vida cultural de Roma fervilhava e tínhamos a ilusão de pertencermos a ela. Nós duas nos conhecemos durante uma das manifestações mais importantes do Verão Romano,* na qual ambas colaborávamos, e de imediato gostamos uma da outra. Eu amava sua vivacidade intelectual e seu sentido prático da vida, a sensibilidade e a concretude, tudo sustentado por grandes doses de autoironia e

---

* *Estate Romana*, em italiano, é o nome dado a uma série de eventos culturais de música, teatro, dança e cultura que ocorrem durante o verão na capital italiana. [N. T.]

uma risada contagiante que desalinhava seus cacheados cabelos castanhos.

Quando Francesca passou pela primeira perda gestacional, eu estava na Grécia com o papai. Estávamos em pleno agosto, naqueles anos a Itália inteira parava e tirava férias. Lembro-me vagamente de algo sobre um ginecologista que estava de férias, de ter pulado uma consulta, de um batimento cardíaco que de súbito se tornou ausente. E me lembro também de que me senti culpada pela condição em que eu estava naquele momento: fora do mundo, feliz e apaixonada por um homem que havia desejado muito, distante anos-luz do pensamento de uma gravidez. Nossas vidas pareciam correr em planos diferentes e essa falta de sintonia me provocava um mal-estar inexplicável.

A notícia da interrupção terapêutica, no entanto, foi comunicada por Francesca com uma mensagem. Não me lembro exatamente do conteúdo, mas me vêm à mente palavras como "minha menina" e "grave malformação". Eu estava grávida de você, ela estava grávida de novo e, dessa vez, havia uma razão válida para me sentir culpada: há alguns meses o dela e o meu destino de mães futuras caminhavam de braços dados e, agora, de repente, um evento absolutamente inesperado voltava a separá-los.

Porém, poucos meses depois, a roda do destino voltaria a girar e seria minha vez de dar-lhe uma notícia que, de uma forma ou de outra, entrelaçaria mais uma vez nossas mãos. Lembro-me de que ainda estava internada, eram dias agitados, talvez Francesca tivesse me procurado, mas eu não conseguira falar com ela. Por fim, uma noite, tive alguns minutos para ligar, fechei-me no banheiro, não queria que ninguém me ouvisse. Com dificuldade, emiti aquela palavra nova para mim, "holoprosencefalia". Por certo eu não poderia imaginar que minha amiga já conhecesse essa palavra, que provavelmente continuava a girar na sua cabeça nos últimos dois meses, que pouco antes de mim havia procurado, ela também, na internet, o significado, e a rede havia respondido com suas hábeis estatísticas, com seu repertório de horrores. Do outro lado da linha houve um suspiro, uma espécie de soluço sufocado através do qual Francesca pronunciou meu nome como uma invocação, explicou que essa era a "malformação grave" que a levara a se decidir a não dar à luz "sua menina". Um caso em cada dez mil. Duas de duas amigas. Bianca + Daria.

8

Prezado Augias,*

um "excelente" médico não foi capaz de ler num ultrassom que minha filha iria nascer com uma malformação cerebral grave. Hoje, minha menina, com pouco mais de dois anos, é uma pessoa com várias deficiências, e cem por cento de invalidez. Frequentando serviços de neuropsiquiatria infantil e centros de reabilitação, encontro todo dia dezenas de crianças nascidas prematuramente. São em grande parte cegas ou têm deficiência visual, como a maioria dos bebês prematuros. Porém, o déficit visual é quase sempre acompanhado de outros danos irreversíveis, cerebrais ou de motricidade. Nestes anos, conheci famílias desintegradas, uniões destruídas, mulheres mergulhadas na depressão. Nem todos têm a força física, os instrumentos psíquicos, os meios econômicos e a cultura necessários para combater a burocracia implacável, a crueldade de certos médicos e a incivilidade que impera, a solidão e o cansaço e, enfim, a própria inadequação de si mesmo. É especialmente em nome dessas pessoas que lhe escrevo. A Igreja,

---

* Corrado Augias (1935) tornou-se popular na Itália como apresentador de vários programas sobre mistérios e casos do passado, como *Telefono giallo* e *Enigma*. Foi também eleito para o Parlamento Europeu entre 1994 e 1999 pelo Partido Democrático (PD). [N. T.]

a política e a medicina precisam parar de olhar para as mulheres como putas que não veem a hora de matar os próprios filhos. O aborto é uma escolha dolorida para quem a faz, mas é uma escolha e precisa ser garantida. Apesar de ela ter virado minha vida de cabeça para baixo, adoro minha filha maravilhosa e imperfeita. Porém, se pudesse ter escolhido naquele dia, teria optado pelo aborto terapêutico. Aos médicos que querem ressuscitar fetos mesmo sem o consentimento das mães, eu digo: saiam das UTIs, vão ver com seus próprios olhos o que essas crianças se tornaram, a que presente eterno condenaram essas mães.

Essa carta, publicada no jornal *La Repubblica* em fevereiro de 2008, saiu do meu peito como um grito. Há algum tempo, se reacendera a controvérsia em torno da Lei nº 194, que regulamenta o aborto, e os antiabortistas haviam voltado à briga com suas batalhas em defesa da vida. Debates, declarações e proclamações estavam aparecendo na televisão.

Naqueles mesmos dias, li — de uma sentada — o belo livro de Valeria Parrella, *Lo spazio bianco*. O tema — o nascimento de uma criança com problemas — me tocava de perto, e eu ficara impressionada com a capacidade da autora de transformar em matéria literária uma vivência que eu sabia estar relacionada à sua experiência pessoal. Sua escrita devolvia o sentido de impotência, o estado de suspensão e de incerteza, o vácuo da palavra "futuro": sentimentos que, todos eles, me pertenciam profundamente. A consciência e o comedimento das suas palavras, tão distantes das vozes fora dos limites e agressivas que ecoavam nos meios de comunicação, haviam me provocado um curto-circuito. Lembro-me de que, ao terminar o livro, me sentei diante do computador, escrevi livremente algumas linhas e mandei-as por e-mail a ela. Não se tratava de um ato de coragem, eu não queria demonstrar nada a ninguém. Simplesmente a palavra "vida" havia se tornado insustentável para mim quando dita de qualquer jeito por qualquer um: estandarte, bandeira a ser agitada, na verdade, mortalha que envolvia o corpo das mulheres como uma condenação. Os movimentos "pela vida", a "proteção da vida". "Será que sou a favor da morte, eu?", perguntei-me. E em especial, de qual vida estamos falando? Da minha? Da sua? E como é minha vida? E que vida você leva? Quantos sofrimentos ainda a aguardam? Quem pode decidir se uma vida vale a pena ser vivida? Interrogações, dúvidas. Nenhuma certeza. Só a necessidade — ainda que na minha condição, aliás, levando bastante em consideração minha condição de mãe de uma filha que veio ao mundo — de reivindicar para todas o direito da escolha, até para as que tinham escolhido outra coisa.

Eu desejava romper a divisão entre mães boas e más. Não queria me dobrar à hipocrisia, incluir-me, sem merecimento algum, na lista das mulheres que tinham abraçado a cruz e eram citadas como exemplo de virtude. Não me sentia, e jamais vou me sentir, uma "mãe-coragem", e sabia que apenas a falta de um diagnóstico pré-natal me separava do bando daquelas que eram consideradas egoístas, infames, homicidas. Por bem ou por mal, minha vida sem você teria sido diferente. Escrevi que gostaria de ter podido escolher. E uma afirmação como a minha, não teórica, mas dita na presença de uma criatura viva e de boa saúde, soou intolerável para os ouvidos de alguns.

Naquela noite, Emma Bonino leu meu testemunho durante um programa na televisão, alguns apresentadores de rádio e de televisão me pediram para participar dos seus programas, enquanto minha caixa-postal ficava cheia de cartas de apoio, enviadas muitas vezes por parte de mães e pais de crianças com deficiência que haviam reconhecido nas minhas palavras aquele emaranhado de amor e desespero que era também o deles. Mas na internet, onde "a carta de Ada" foi lançada outra vez, surgiram também alguns ataques. Lembro-me de alguns deles. O primeiro era o de um homem que tinha certeza de que minha carta era falsa, uma invenção feminista para difundir o aborto a todo custo. O segundo era por parte de uma mulher: era difícil para ela entender que uma mãe pudesse escrever algo assim para sua filha. Se o fiz — ela concluiu —, eu devia ter o coração de pedra. Aqueles comentários me feriram, me induziram a me retirar do debate político e midiático mesmo antes de entrar nele.

Porém, nas mudanças de um computador para outro, perdi todas as mensagens daqueles pais e mães que eram como eu, e isso foi um grande pesar. Sinto que poderia ter me agarrado àquelas palavras em momentos muito difíceis que vivi com você nesses anos. Pergunto-me como é que eles viveram, como se tornaram. Desejo que tenham resistido, que tenham conseguido sobreviver, de um jeito ou de outro.

9

"Mas como você vai fazer quando for parir?" Disseram-me isso pelo menos umas cem vezes durante os nove meses. Enfermeiros, ginecologista, anestesista… Em qualquer circunstância, sempre havia alguém pronto para fazer chacota sobre minha propensão natural a desmaiar. De resto, isso não era uma novidade. Sempre desmaio. Vacinação, dentista, unha encravada, exame de sangue, ciclo menstrual dolorido. Minhas amigas me levantaram do chão mais de uma vez: no supermercado, na estreia de um filme, num réveillon em Berlim. Desmaiei depois de consultas ginecológicas e me sinto mal quando se fala de hospital, sangue, doenças. Nunca vou me perdoar por quando essa fraqueza me forçou a deitar na cama de uma amiga que eu havia visitado para animar depois de uma cirurgia delicada… Enfim, ninguém teria apostado nada em mim, começando por mim mesma (na última aula do curso de preparação para o parto, tive de pôr as mãos na frente dos olhos quando nos mostraram as imagens de um nascimento).

Naquela manhã — era o dia 26 de novembro de 2005 — acordei com uma coceira intensa no corpo inteiro e, seguindo o conselho da ginecologista, fui até o hospital para fazer um exame de sangue. A vovó me acompanhou, chegara a Roma para essa ocasião. Era o começo da quadragésima semana, eu estava com a pressão alta e a médica de plantão decidiu que era melhor me internar. Enquanto lhe escrevo isso, percebo que raramente evoquei as horas que antecederam seu nascimento. Depois que tudo desmoronou, ninguém nunca me perguntou sobre elas. Eu mesma sei que você, ao chegar, varreu tudo aquilo que a antecedeu, como aqueles eventos naturais cuja potência excepcional termina por desenhar de novo os lugares e os rostos das pessoas que os habitam. Existe um antes e um depois. E aquilo que existia até mesmo apenas algumas horas antes de você, depois não tinha mais muita importância. Ou simplesmente adquiriu um significado diferente.

Assim, na minha lembrança, as memórias se acomodaram num desígnio preestabelecido que havia de se cumprir. Uma história inevitável feita de presságios e premonições, de acasos e coincidências, pontuada por uma série infinita de se, mas, talvez, cujo fim está marcado por uma grande pergunta: "Mas por que eu?", seguida de imediato por outra inevitável: "O que fiz para merecer isso?".

As longas horas daquele 26 de novembro, que se precipitaram na noite chuvosa do dia 27, são aos meus olhos nada mais do que "o antes". A manobra violenta da mão da obstetra que me inspeciona por dentro, a posição agachada — um animal a ganir — para dar uma boa empurrada, as fezes e o sangue, os pontos da sutura são as dores do antes. Fala-se muito de como nos esquecemos das dores do parto diante da alegria do nascimento. Da dor eu me lembro, mas o destino não me concedeu a segunda parte da fábula. E, se me foi concedido, como eu já disse, foi pelo breve intervalo de uma noite: o tempo necessário para chegar ao meu cataclisma pessoal, o que iria traçar novas rotas no mapa da minha vida.

10

Eu tinha oito anos e fazia aula de dança desde os três anos e meio. Meu pai e minha mãe trabalhavam duro no hotel e, em 1970, a abertura de um curso de balé na escola das freiras franciscanas foi uma solução, no geral, indolor para ocupar duas tardes por semana. A aula terminava às quatro da tarde, mas com frequência meu pai estava ocupado ou simplesmente se esquecia de vir me buscar. Quando todas as minhas coleguinhas já tinham ido embora, eu ficava sozinha, esperando na entrada da instituição, sentada numa cadeira. De vez em quando, uma velha freira espiava do pequeno lugar que cumpria a função de portaria, e eu sentia o peso do seu olhar severo. Ela tinha pena de mim. Aquelas longas esperas se tornavam menos tristes e entediantes apenas antes do Natal, quando havia na entrada o presépio montado pelas freiras. Era uma cena de nascimento composta somente pelo boi, pelo burro e pelo Menino Jesus. Fascinava-me o brilho daquele nascimento solitário, que prescindia da presença de um pai e de uma mãe. Entusiasmava-me a expressão sorridente de Jesus, aos meus olhos era uma espécie de boneco Cicciobello gigante de olhar voraz e lábios pintados de cor vermelha. Como eu queria segurá-lo nos braços, mesmo sabendo que era rigorosamente proibido tocá-lo. Contudo, naqueles momentos, eu me sentia sortuda pois, sozinha naquele átrio vazio e meio escuro, tinha o privilégio exclusivo de poder observá-lo o quanto quisesse, podia até tocá-lo, fazer um carinho um pouco amedrontado e proibido.

Em casa, não havia nem música clássica nem livros. Com exceção das míticas revistas *Quindici* (meu preferido era o volume das fábulas, com certos desenhos que me atraíam e aterrorizavam ao mesmo tempo) e as *Seleções* do *Reader's Digest*.

Televisão tinha, sim... e, em 1975, a RAI começava a fazer experimentos técnicos para transmitir imagens coloridas.

Então, nas longas tardes de inverno, depois de ter feito o dever de casa, eu a ligava e, em vez de ver os programas, improvisava minibalés com as notas de Albinoni, Rossini e Chopin. Na tela, corriam imagens de flores variadas que se abriam, mas eu me importava apenas com a música: adágios, noturnos, *La gazza ladra*... A única pena eram aqueles "testes técnicos de transmissão" que uma voz feminina em off repetia a intervalos regulares, interrompendo os ímpetos das minhas evoluções coreográficas.

Depois, um dia, recebi de presente de uma tia uma bolacha de vinil 33 rpm de música clássica. Era o primeiro que entrava na nossa casa: finalmente teria um disco só meu e, em especial, uma trilha sonora digna para minhas improvisações. Coloquei-o na vitrola e esperei com entusiasmo que a *Ouverture* terminasse para me jogar na dança, mas... fora presenteada com a *Sagração da primavera* de Ígor Stravinsky. Para mim, que nada entendia de música, foi uma decepção clamorosa. Nada de giros nem piruetas no tempo de três quartos, nada de passinhos nas pontas: era uma música impossível de se dançar. Naquela época, eu ainda não sabia o porquê, só sentia uma frustração física que não podia entender racionalmente. Queria uma trilha sonora com a qual voar, mas, em vez disso, girava na vitrola o *massacre* de Stravinsky e Nijínski contra a graça. Então, com o rabo entre as pernas, voltei para os "testes técnicos de transmissão", no ventre acolhedor da televisão, na linguagem tranquilizadora dos poucos passos acadêmicos que eu começava a dominar.

Muitos anos mais tarde, eu iria encontrar outra vez *A sagração*, que tanto amei e estudei com paixão. Um ritual de sacrifício, de morte e renascimento, coreografado por Vaslav Nijínski em 1913, cujo escopo revolucionário eu ignorava. Porém, meu jovem corpo de bailarina clássica havia colhido instintivamente a essência, ainda que só por via negativa. Centenas de coreógrafos tentaram, com sorte alternada, domar aquela massa sonora com o corpo. Alguns, grandiosos, conseguiram. Outros, já de partida, declararam a impossibilidade da empreitada, furtando-se ao risco de se deixar devorar pela música de Stravinsky.

Passei a vida dançando e depois observando os outros dançarem. Eu desejava a beleza. Por anos, pesquisei a graça do gesto, a precisão do detalhe, os jogos das proporções que se harmonizam no conjunto. Um trabalho de paciência ao qual o bailarino submete o próprio corpo o tempo todo, uma pesquisa cotidiana que não cessa nunca.

Dessa perspectiva, sua deficiência me parecia uma zombaria genuína. Logo eu, acostumada a manter sob controle a posição de um dedinho, via-me tomada por um corpo completamente fora de controle, com rompantes epilépticos, costas e cabeça incapazes de ficar eretas. Tetraparesia espástico-distônica, clonias, alternância de hipertonia e hipotonia, nistagmo, sialorreia... que dedinho, que nada! Desde o início, seu corpo insurgente se impôs com uma força que contrariava todas as regras. Lembro-me com horror das palavras proféticas da enfermeira-chefe da UTI neonatal, que, quando tivemos alta do hospital, sugeriu que eu recorresse ao diazepam para acalmar você — mais tarde descobri, pelos prontuários médicos, que ela e suas colegas o haviam usado extensivamente em você nos primeiros dez dias da sua vida — e que eu deveria ser rigorosa, pois você me deixaria em apuros. Foi isto que ela disse: "Ela vai te deixar em apuros".

Ao voltar para casa, não precisei esperar muito tempo para ver a profecia da enfermeira se tornar realidade. Você começou a chorar muito cedo. Um choro ininterrupto, inconsolável, que eu não conseguia decifrar. Era impossível deixá-la mesmo por poucos minutos sozinha no berço. Enfiá-la no carrinho para sair significava desafiar o destino e os olhares de repreensão dos transeuntes que, assustados com seus gritos, me apontavam severamente, obrigando-me a recuar para casa. "Deve estar com fome!" "Precisa dormir!" "Tem que trocar a fralda!" Ainda ouço o eco daquelas vozes. Ainda sinto, sobre mim, o olhar acusador de uma mulher na farmácia sob os pórticos. Eu tinha posto você no canguru com a esperança de que nosso contato físico ajudasse a mantê-la tranquila, mas não foi o suficiente. Você começou a chorar e ela balançou a cabeça: "Ah, essas mães...".

Uma amiga me aconselhou a pedir um parecer de uma obstetra. Era uma senhora mais velha, doce, maternal, mas entendi de imediato que a desorientação da médica diante do seu choro incomum excedia os limites da sólida experiência dela. No entanto, ela fez o melhor que pôde para me explicar como contê-la, envolvendo-a firmemente como num casulo para que você se sentisse mais protegida. Até hoje, quando você se contorce em espasmos, tento adaptar essa estratégia de contenção ao seu tamanho, que não é mais o de uma recém-nascida. Agora, é impossível envolvê-la numa espécie de casca, mas criar pontos de contato com você — testa com bochecha, mãos com barriga, pulso com pescoço — reduz parcialmente a explosão desarticulada dos membros, o arqueamento das costas, a torção do tronco.

Eu desejava a beleza, já disse. E você, apesar dos olhos muito próximos e das sobrancelhas unidas, apesar do seu estrabismo e da microcefalia, sempre foi uma criança linda. Pode-se dizer que a beleza foi tanto sua maldição quanto sua salvação.

Se talvez você tivesse alguma das horríveis malformações faciais tão comuns na holoprosencefalia, o ultrassom morfológico teria detectado isso e você nunca teria nascido. Em suma, pode-se dizer que você veio ao mundo em virtude da sua beleza: você existe porque é bela. Ao nascer, seu aspecto agraciado a manteve protegida daquele incômodo que muitas vezes se associa às pessoas com deficiência, provocando em quem olha uma sensação de mal-estar ou verdadeiro desgosto. É duro admiti-lo, mas ao acompanhá-la durante sua jovem vida, entendi que existe uma deficiência "bonita" e outra "feia", e que até no "mundo paralelo" as pessoas — sejam elas desconhecidas, terapeutas, médicos — sentem-se impactadas pelo fascínio da beleza, assim como acontece no "mundo normal".

No começo, isso me incomodava, eu me perguntava se era justo os outros se aproximarem de você só porque é bonita. Depois, contudo, aquele "só" encontrou um sentido mais nobre e profundo na palavra "beleza". Pensei que cada um de nós recebe pelo menos uma dádiva da vida e que, no azar geral, é melhor aproveitar.

Desejava a beleza e a tive: tive você.

26 de abril de 2013

Na praia, o diálogo entre seu pai e Viola, cinco anos.
Viola: "Ela não enxerga, né?".
Papai: "Não".
Viola: "Mas fala?".
Papai: "Não".
Viola: "Caminha?".
Papai: "Não".
Viola: "Mas então é mágica!".

II

Março de 2008. Passaram-se dois anos e o fio da amizade com Francesca nunca se rompeu, dois anos nos quais você, Daria, sempre esteve entre nós, ainda que não como presença física. É um tempo longo? Talvez sim, pensando agora. Porém, na época dos acontecimentos, nunca medi com a régua da ausência ou da distância, porque, ainda que ela e eu nos encontrássemos raramente, e sempre fora de casa, nem por um momento senti Francesca distante de mim, de nós. Daqui a pouco, ela irá bater à nossa porta. Tudo aconteceu rapidamente: nossas cartas sobre a interrupção da gestação que foram enviadas ao jornal *La Repubblica* (Francesca também escrevera ao jornalista Augias, naturalmente sem que tivéssemos combinado isso antes, e sua carta também fora publicada) provocaram muitas reações — ao falar sobre isso, nossa história de amigas veio à tona e uma revista feminina decidiu contá-la.

Por isso estou aqui, com uma fotógrafa e sua assistente, e esperamos Francesca chegar. Para tapear a espera, conto um pouco sobre nós e digo que, neste dia, você e minha amiga irão se encontrar pela primeira vez. Jogo essa informação sem muita reflexão, sem ênfase. É quando o olhar das duas se cruza que há uma devolução da dimensão desse evento. Ambas estão pisando em ovos. Achavam que iriam se safar com algumas fotos, mas em pouco tempo serão testemunhas involuntárias de um momento íntimo e delicado.

Não é a primeira vez que aciono um gatilho de situações

com potencial explosivo, mas só percebo isso um pouco antes de o pavio se incendiar.

Relembro a tranquilidade e a disponibilidade com a qual Francesca encarou esse encontro, tenho certeza de que ela o fez com uma consciência maior do que a minha, e essa convicção me tranquiliza. Pergunto-me com que humor ela está percorrendo o caminho que a separa da nossa casa. E eu, como irei reagir? Felizmente, num lampejo de lucidez, devo ter achado melhor começar pela foto e pedi à babá que levasse você para passear no parque. E então aqui estamos nós, Francesca e eu, um pouco nervosas, um pouco desajeitadas, certamente deslocadas. Nos fotografam uma de cada vez, depois as duas juntas. No sofá, em frente à estante de livros, uma com a mão no ombro da outra. Francesca me parece bonita como sempre, natural, desenvolta. Eu me sinto ridícula, não sei onde pôr as mãos, não sou muito fotogênica. Por fim, a fotógrafa se diz satisfeita com o resultado. Como se fosse perfeitamente cronometrado, a campainha toca. Eis você no vão da porta.

Não me lembro de como chegaram a isso, mas sei que, um momento antes, você estava sentada no seu carrinho postural e um momento mais tarde Francesca a segurava nos braços, ninava-a nos seios fartos, os olhos marejados de lágrimas. Ela atravessa o corredor, chega em passos lentos até a penumbra da cozinha, sempre a ninando num caminhar que parece uma dança leve. Com um gesto meu, a babá desaparece, eu volto para a sala, olho para a fotógrafa e sua assistente, atônitas. Francesca silencia tudo ao seu redor, acolhendo-a no calor do seu colo materno. É o momento delas, penso, vamos deixá-las a sós. No dialeto do vilarejo onde nasci, há uma expressão que as mães usam para explicar a saudade que as consome diante do crescimento dos filhos, o desejo de que fossem mais uma vez pequenos. *Me l'armittéss dentr'a la panz* — "eu o enfiaria de volta na barriga" —, dizem. É uma imagem que sempre me impactou, pois sintetiza o amor visceral num gesto de ímpeto quase furioso. Sabe-se lá se, ao abraçá-la, Francesca pensa por um momento que enfiaria sua Bianca novamente na barriga. E eu? Se pudesse escolher, se soubesse, o que teria feito? Se pudesse, Daria, eu a enfiaria de novo *dentr'a la panz*? Se pudesse escolher, escolheria não deixá-la nascer? A pergunta prescinde de você. A pergunta vale por si só.

12

Não sei exatamente quanto, o que e como você enxerga. As investigações instrumentais e os médicos, devido à sua condição de sujeito com várias deficiências e que não coopera, não conseguem medir com acuidade o *visus*, a visão. Entretanto, sei que você não é completamente cega e que usa ao máximo o pequeno resíduo de visão que tem, encarando e seguindo rostos e objetos próximos de você ou até mesmo ao seu redor.

Com o passar dos anos, os terapeutas observaram as estratégias motoras que você utiliza, com dificuldade, para poder olhar o mundo, e nos explicaram como fazer para que essa tarefa lhe seja menos custosa: como nos posicionar, a que altura, a que distância, como chamar sua atenção e provocar seu interesse. No começo, imagens em preto e branco ou com fortes contrastes, em seguida, o acompanhamento sonoro e a exploração tátil. Tenta-se potencializar o diálogo natural entre a visão e todos os outros sentidos, pois assim a audição, o olfato e o tato, como bons escudeiros, ajudam o camarada desprezado e ofendido, compensando, pelo menos parcialmente, suas fraquezas.

Bolas e bolinhas de grandezas e cores distintas, pequenas esponjas macias, ásperas ou enrugadas, novelos, colares e tecidos fosforescentes, bastões de chuva, garrafas e latas com arroz, macarrão, moedas, areia colorida, chocalhos de pulso e pequenas luzes para os dedos: em pouco tempo a casa se tornara a sucursal de um ambiente para o estímulo sensorial. Você ainda era uma passarinha, deitada no tapete debaixo do móbile, e lá colocávamos esses objetos criados por nós, substituindo os que existem no mercado para crianças com aptidões normais.

À medida que você crescia, outros materiais, com funções análogas, foram substituindo os anteriores: livros de capa dura com páginas arredondadas mais fáceis de folhear, massinhas para modelar, grandes letras do alfabeto com ímã, tintas para pintar com os dedos e lápis de cor fáceis de segurar, pompons, adesivos e fitas coloridas, jogos de bingo tátil... Nas pastas com seu nome escrito no verso se acumularam centenas de desenhos, dezenas de artesanatos para o dia das mães e dos pais, ovos de Páscoa pop-ups, árvores de Natal feitas com rolos de papel higiênico, algodão, botões, esqueletos de Halloween confeccionados com palitos de dente e cotonetes. Sei que não foi você que os fez, mas nesse caldeirão reconheço — pequenas pepitas de ouro — alguns testemunhos do esforço autêntico de quem cuidou de você, adaptando as atividades escolares às suas competências limitadas, esforçando-se para encontrar uma forma criativa que envolvesse sua participação: fazer com que você escolhesse uma cor, um material, uma palavra...

O coração se debate numa constante ambivalência emocional: de um lado o sofrimento pela centésima poesia gravada no Voca, um aparelho para comunicação vocal que você consegue acionar com o pulso, para que possamos ouvir no Natal ou na Páscoa uma voz declamando, mas que não é a sua. Por outro lado, a ternura e a gratidão pela companheira de turma que, com dedicação, ficou lá do seu lado, gravou o texto, e sua euforia quando você aciona o botão e reconhece a voz dela. E depois o pensamento bem-agradecido em relação ao mundo da reabilitação: pessoas que não perdem tempo se lamentando pelo que lhe falta, mas que usam bem o pouco que você tem. E aquele pouco se torna muito. São breves momentos de felicidade que florescem entre as dobras do dia.

Duram um instante, mas graças a esses instantes é possível seguir adiante.

A dança também me confere alguns momentos de puro prazer, mas não quer dizer que isso nasça da evasão, da fuga para fora de casa para mergulhar na escuridão de um teatro, num mundo distante do seu, do nosso. Ao contrário, os artistas contemporâneos que pesquisam a corporeidade levantam muitas questões surpreendentemente próximas ao nosso cotidiano.

Assim, quando entro no teatro e vejo o chão coberto por painéis de papelão unidos com uma fita adesiva em relevo, um simples tabuleiro de xadrez delimitando a área da performance *Danza cieca*, sinto-me imediatamente em casa. Com os pés descalços, dois homens entram um ao lado do outro, o contato dos seus ombros orienta no espaço Giuseppe, bailarino com deficiência visual, conduzindo-o até a posição inicial, num lado da cena. Sentam-se no chão, de pernas cruzadas. Virgilio, coreógrafo e bailarino, sussurra para Giuseppe poucas, breves palavras. Ele sorri. Fico impactada com a sintonia da relação deles, porém, mais do que isso, "ouço" que ele guia seus movimentos. É algo diferente daquilo que se entende, em geral, com esse termo, é algo que não tem a ver com o som. Manifesta-se quando os corpos dos dois — as mãos, os braços, as pernas — estão próximos, mas não chegam a se tocar porque no meio há apenas um deslocamento de ar que pulsa, uma energia que parece ser vista. Depois da performance, um espectador pergunta a Giuseppe: "O que você vê quando dança?". "Não imagino nada, escuto, lembro-me de momentos, sinto a presença do Virgilio..." É a resposta de um homem cujo vocabulário não contempla o verbo "ver". O universo dele, como o seu, penso, é feito de outras coisas: sentir, escutar, lembrar, imaginar...

Também em *Atlante del bianco*, outro espetáculo fruto do encontro entre Virgilio Sieni e Giuseppe Comuniello, as listras de fita adesiva no chão dividem o espaço em áreas e permitem que o performer se oriente, sentindo com os pés descalços a mudança de espessura das linhas. Uma estratégia que me lembra a experiência nos centros de reabilitação, nos quais, desde muito pequenas, crianças cegas ou com baixa visão, como você, são estimuladas a medir o espaço com os pés e com o corpo inteiro.

Num determinado momento, Giuseppe começa a correr de costas num círculo. Essa ação me perturba, penso o quanto é arriscado para os que não enxergam se abandonar para "trás", penso em quantas vezes na dança eu pratiquei com dificuldade o exercício de me deixar guiar pela nuca num espaço desconhecido. Mas para ele, que não enxerga, não há medo nessa ação, não há a renúncia do sentido de visão. Talvez Giuseppe consiga experimentar essa entrega sem condicionamentos. Assim como os pequenos gêmeos cegos que vi dando seus primeiros passos durante uma reabilitação intensiva há alguns anos. Num instante, ainda estavam de quatro, lutando para sair do chão e se equilibrando com os braços, e, no instante seguinte, um deles começou a andar... para trás! Para mim, foi uma lição esclarecedora sobre o mistério do corpo atravessando o espaço, tornando-o perceptível e nos fazendo "vê-lo".

Atlante del bianco se encaminha para a conclusão. "Preciso de um de vocês, por favor. (PAUSA). Preciso realmente de um de vocês", diz Giuseppe, estendendo o braço em direção à plateia. Um espectador corajoso se entrega às suas mãos, os dois percorrem um círculo no espaço, a mão do performer está apoiada sobre o ombro do espectador que, no fim, convidado a fechar os olhos para se deixar guiar pelo cego, caminha com ele em direção à experiência da escuridão absoluta.

13

"Families for HOPE." Com um "o" minúsculo, um grupo de famílias estadunidenses encarou o sentido de serem pais e mães de crianças que sofrem de HPE, criando uma comunidade animada pela esperança. Encontrei essa associação na internet alguns meses depois do seu nascimento.

Enquanto você e eu ainda estávamos no hospital, foi a vez de familiares e amigos próximos se aventurarem na internet em busca de informações sobre a holoprosencefalia. Fizeram isso com timidez e, em seguida, relataram notícias vagas e incertas. Você pode encontrar de tudo na internet. Se quiser se machucar, fique à vontade. Levei um tempo para me orientar, para entender o que era melhor evitar (por exemplo, fotos de bebês ou fetos com rostos deformados) e o que poderia ser útil.

No início, precisava de informações científicas: causas genéticas, estatísticas, centros de pesquisa, hospitais que lidam com sua condição. Procurava um motivo. Na internet, descobri o Carter Center, um centro de pesquisa criado graças a doações de uma família rica do Texas cujo destino fora ter uma criança com HPE. Entrei em contato com eles, enviei sua ressonância magnética, confirmei que você tem uma forma semilobar da doença e pedi que me enviassem alguns documentos científicos e um vídeo sobre como o centro foi criado e o que ele faz, além de algumas histórias sobre as pessoas que o frequentam. Nunca mais o assisti, desde então, mas me lembro vagamente da entrevista com uma senhora loira platinada, cabelos volumosos e maquiagem pesada, com um cara que usava um chapéu de caubói.

Na sequência, o que realmente me serviu foram as informações práticas, às vezes verdadeiras estratégias para a sobrevivência. Eu procurava um como. E em relação a isso, as respostas de outros pais foram preciosas. Aprendia que estávamos mais ou menos todos no mesmo barco: crises epilépticas, disfagia, refluxo, secreções nasais, perturbação do sono, crises de choro prolongadas. E ainda, diabete insípida, espasticidade... graças aos conselhos de alguma mãe estadunidense, encontrei uma pequena cadeira de plástico dentro da qual, dos seis anos em diante, você finalmente conseguiu ficar sentada por um tempo prolongado sem se queixar, como ocorria se a colocasse num carrinho normal. Era uma cadeira muito parecida com um penico para fazer xixi, mas de formato grande e material macio, que a envolvia a ponto de fazer com que você se sentisse protegida, como numa casca de nozes.

Foi graças a uma pesquisadora do Carter Center que soube da existência de Alessia, uma garotinha com sua mesma patologia: há poucos quilômetros da nossa casa, um pequeno farol aceso. Antes, o e-mail do tio dela, que fora um filtro. Depois, finalmente, a ligação com a mãe. As primeiras coisas compartilhadas: sim, Alessia também não dorme, sim, Alessia também não anda, sim, Alessia tem dificuldade para comer... Sim, não se preocupe... no começo é difícil, depois você se acostuma... Quando soube da existência dela, Alessia já era grandinha, mas em todos esses anos nunca encontrei sua mãe. Eu gostaria de vê-la, mas acho que ela não tem vontade. Nem sempre nem para todos o infortúnio em comum aproxima. Há alguns anos, quando a procurei depois de muito tempo sem nos falarmos, porque estávamos no vilarejo em que ela morava, agradeceu-me, mas declinou o convite para um encontro. Sempre respeitei muito seu jeito reservado, e quando me enviou uma foto da filha, agora com vinte e dois anos, dei valor para esse gesto compartilhado. Do jeito dela, mesmo de longe, na minha mente Alessia sempre esteve presente: estava viva, crescia, tornava-se adulta, e a mãe e a família ao lado dela. Para mim, era a prova viva de uma possibilidade que ia além da condenação ao eterno presente, a possibilidade de que você também sobrevivesse, e nós com você.

Com o tempo, a pessoa para de se preocupar com a busca por respostas, de batalhar, de querer ir para outro lugar. Não é uma resignação, mas uma forma de aceitação ativa: a pessoa para de lutar "contra" algo. A pessoa economiza energia e pensa em lutar "a favor" de algo.

Continuei a consultar a internet para conseguir o que era de seu direito, como o cartão para estacionar em vaga especial, que a comissão da agência sanitária lhe negara em primeira instância. Diziam que você era pequena demais e que talvez, no futuro, viesse a andar. Entendi com essa afirmação que aqueles médicos não tinham a menor ideia do que era sua patologia, portanto traduzi do inglês as informações básicas sobre a holoprosencefalia retiradas do site Carter Center e as levei às consultas seguintes.

Aquele texto agora está publicado na página do Facebook "Hpe holoprosencefalia", criada por Sandra, a mãe de Marco. Também a conheci através do Carter Center: nomes e contatos que da Itália atravessaram o oceano, passando pela terra dos caubóis e regressando para cá. Agora, graças àquela página, há um lugar onde as mães italianas podem compartilhar conselhos e informações úteis. Concretude, pudor e pouca retórica. Se precisar de alguma informação, sei que alguém, por lá, irá responder.

De outros sites análogos estadunidenses, odeio a exaltação de uma suposta beleza exibida com ostentação barroca: os retratos de recém-nascidos deformados vestidos como borboletas ou princesas, como cópias imperfeitas das fotos de Anne Geddes, e os comentários que os acompanham — "Wonderful", "Sweet" —, a retórica dos "Baby Angels". Mas que anjos o quê... A verdade? Com frequência vocês, filhos "especiais", são tudo menos anjos...

De resto, quando se fala de deficiência é quase impossível se subtrair à retórica. Num grupo de WhatsApp de mães de filhos com deficiências, um dia, chegou esta mensagem: "Um dos nossos anjos voou para o céu esta noite. Um menino doce, que irá velar pelos seus companheiros lá no céu, livre entre as estrelas". Fabiana, que na página do Facebook HPE aparecia sempre sorridente, também "voou para o céu". Tinha dez anos e estava hospitalizada havia alguns dias. Sua mãe postava preces para Nossa Senhora, pedidos de proteção para Padre Pio. "Resista, guerreira." A guerreira não resistiu. Outros, nesses anos, seguiram o mesmo caminho. Como Sofia, uma garotinha que segurei nos braços quando ainda tinha poucos meses. A mãe a trouxe da Sardenha para Roma. Pegou o avião sozinha, com a pequena no colo e as malas, para uma internação no hospital, em busca de um diagnóstico. Não vou esquecer aquele corpinho que estremecia entre minhas mãos. Pareciam soluços, mas eram crises epilépticas. Ela faleceu dormindo, depois de ter vivido por onze anos no seio de uma família que cresceu ao seu redor, primeiro um pai adotivo, depois dois irmãos. Muitas vezes a doença separa, afasta, destrói. Às vezes regenera, enlaça, multiplica o amor.

14

Seus primeiros seis meses de vida foram um pesadelo terrível. Depois do período das férias de Natal, passado na casa dos avós, voltamos para Roma com o projeto de organizar nossa nova vida juntas, eu, você e uma babá com quem tínhamos firmado um contrato antes do Natal. O papai voltaria de Nápoles para ficar conosco nos fins de semana. Porém, no dia em que a esperávamos, a senhora não apareceu, não me lembro que desculpas ela deu, e mandou no seu lugar uma suposta sobrinha que deveria substituí-la. Bastou esse pequeno contratempo para que o já instável castelo de cartas que havíamos construído na ilusão tombasse de forma miserável. Não havíamos pensado num plano B. Pressionado pela urgência de voltar aos seus compromissos diários, em poucas horas o papai decidiu que você e eu não poderíamos ficar sozinhas. Então, nós três fomos para Nápoles. Lembro-me de que saímos à noite, fizemos rapidamente as malas e enfiamos você no carro, minúscula no volumoso Potemkin.

Assim começava um dos períodos mais duros da nossa vida. A casa era muito pequena, o papai saía de manhã para trabalhar e você e eu ficávamos sozinhas, uma contra a outra. O choro era a única flecha do seu arco, uma arma simples, pobre, mas muito potente, capaz de atravessar o coração e o cérebro. Você conseguia gritar o dia inteiro, nunca se cansava. Eu não tinha escudo algum, apenas meu desespero, estava exausta, extenuada por culpa sua, com privação de sono, encurralada numa gaiola. Normalmente, você se acalmava à noitinha, quando o papai voltava. Se algum amigo vinha jantar, você já estava dormindo. "Mas é tão tranquila", diziam. Quando eu explicava que você iria gritar o dia seguinte todinho e que daqui a pouco começaria o turno noturno, olhavam-me com uma pontada de incredulidade. Não podiam acreditar.

Nunca entendi de onde saía toda aquela força. Você era tenaz, incansável. Durante aquelas longas noitadas, o papai e eu nos alternamos, segurando-a e ninando-a em nossos braços. De pé, é claro. O único jeito de tranquilizá-la era andar pelo corredor ou ficarmos parados, dobrando os joelhos num balançar acompanhado por uma cantilena inventada pelo papai. "Osti, osti, osti…" Horas e horas disso. No fim, desabávamos no sofá ou numa cadeira, os olhos fechados, tentávamos dormir sentados. Mas tão logo você percebia que havíamos parado, começava mais uma vez a se queixar. E então de novo: "Osti, osti, osti…". Até que Osti havia se tornado seu apelido e a origem de tantos jogos de palavras ligados ao seu caráter e ao mundo que crescia ao seu redor: Ostidú, Ostila, Ostinha, Ostilândia, Osticadeira, Osticarro… mas, antes de mais nada, O(b)stinada.

Os meses napolitanos foram de uma solidão dilacerante, durante os quais vivi como se estivesse dentro de uma bolha espaçotemporal. Da janela, eu conseguia ver a cidade que se refletia na água, distante, inalcançável. Um postal do qual não chegavam nem sons nem humores. O golfo se desenhava nítido na moldura da ampla janela. Do lado daqui do vidro, eu ficava nos poucos metros à disposição, entre pacotes de fraldas, mamadeiras, malas. Um aquário dentro do qual as horas haviam se detido. De vez em quando, alguma ligação me arrancava daquele tempo suspenso, mas era difícil entrelaçar os fios com o mundo externo, com o fluxo de vida dos outros.

Assim, o inverno passou. Quase não me lembro dos fatos, só tenho a sensação de um peso enorme que sentia em mim e que não conseguia suportar. Há uma foto de nós duas, na Via

Caracciolo, tirada pelo papai durante uma das tentativas desastrosas de levá-la para passear. O mar no fundo, eu me esforçando para sorrir, olhando para a máquina fotográfica, a despeito da sua boca escancarada numa careta de choro inconsolável.

Entretanto, em algum momento, me dei conta de que aquela imobilidade iria nos afundar. Decidi que era necessário fazer algo para salvar você. E que, se você estivesse a salvo, eu também estaria. Disseram-me que a intervenção de reabilitação precoce era muito importante. Peguei os contatos com dois centros, você entrou para a lista de espera e, quando entendi que em um dos dois havia a possibilidade de conseguir uma vaga em pouco tempo, organizamos rapidamente a volta para Roma.

A primavera estava chegando. E nós também, aos poucos, começávamos a pôr o focinho para o lado de fora da toca. Chegávamos de uma letargia insone, cheirávamos a lágrimas, mas, daquela terra úmida, lentamente, algo iria florescer.

Dezembro de 2013

No centro de reabilitação.

Na salinha, esperamos a chegada do terapeuta neuropsicomotor.

Além de mim e de você, há algumas outras mães e Lucio, cinco anos, com deficiência visual, junto à terapeuta ocupacional que brinca com você para incentivá-la a erguer a cabeça.

Lucio lhe pergunta: "O que está fazendo?".

E ela: "Estou caçoando um pouco da Daria".

"Posso caçoar dela também?", pergunta o garotinho.

"Pode, sim. Manda ver. O que quer dizer a ela?"

E ele, com um tom de voz estridente que não admite resposta: "Daria, eu vejo você!".

15

Um ano antes de engravidar de você, tive uma primeira gravidez. Confirmei isso na primavera, mas no meu coração eu já sabia: o instante preciso da concepção foi um beliscão na barriga, como quando colocam uma agulha na veia para fazer um exame de sangue. Pouco mais do que um segundo, mas senti algo nítido, límpido, e permanece indelével na minha memória. Vivia aquela novidade com terror e euforia. O papai morava em outra cidade, mas esse era só um obstáculo, com certeza o menor deles, que constelavam nosso caminho. Contudo, eu desejava um filho e tinha certeza de que juntos superaríamos qualquer dificuldade. Mas não foi assim. Ele reagiu muito mal à notícia da gravidez: disse que não era possível, que uma coisa dessas iria pôr em crise todas as suas relações — já seriamente comprometidas — com os filhos tidos num casamento anterior. Tentei traçar possíveis cenários de uma vida conjunta, disse que estava pronta para me mudar para Nápoles, mas todas as propostas batiam contra a parede da sua recusa categórica. Chegou até a pôr em dúvida nossa relação. Um dia após o outro, minhas certezas começaram a desabar, a fábula começava a degringolar, a realidade se apresentava como uma rua sem saída. Agora, sei que há sempre uma saída, mas naqueles dias eu não conseguia enxergá-la. O pensamento de perder esse amor tão desejado me dava medo, medo de ficar sozinha, medo de não conseguir criar um filho. Comecei a levar em consideração a possibilidade de um aborto. No fim, cedi.

Na minha cabeça, aquela criança, que agora teria um ano a mais do que você, sempre foi um menino. Dizem que é algo comum para as mães de primeira viagem imaginarem o nascituro no masculino.

Não posso evitar de me perguntar o que teria sido de mim se houvesse feito outra escolha, e depois do seu nascimento essa pergunta se tornou uma voragem dentro da qual submergi várias vezes, carregada por rios de conjecturas: aquela criança teria sido um menino, se chamaria Pietro ou Tommaso e seu pai, no fim das contas, teria cuidado dele. E, se eu o tivesse tido, você provavelmente jamais teria nascido: eu teria tido um filho saudável com um pai talvez ausente, mas não uma filha com deficiência, nascida do mesmo pai, que no começo nada queria saber da filha, mas que depois, ao vê-la, iria se apaixonar de imediato.

Em todos esses anos, sempre pensei em vocês dois como filhos alternativos um ao outro. Você está aqui porque ele não está. Se ele estivesse aqui, você não estaria. Só agora que você cresceu, surge na minha mente o pensamento de vocês dois juntos, irmãos. Como teria sido sua vida se você tivesse ao seu lado um irmão mais velho? E que mãe eu teria sido, se fosse também a mãe de um filho considerado "normal"? Olho para seus coleguinhas de escola com um misto de curiosidade, espanto e mal-estar. Parece que não conheço nada do mundo deles, sinto-me inadequada, incapaz de estabelecer uma relação com esses adolescentes e seus enigmas.

Poderia, deveria. Teria me reconfortado, me animado, restaurado minha energia e minha vida. Teria sido uma grande ajuda para você. Um apoio, um estímulo, uma referência... em especial para o futuro, para aquele tempo obscuro que a lei italiana define como "depois de nós". Eu sei, já disse a mim mesma e ouvi dezenas de vezes de outras pessoas que outro filho mudaria tudo. E, de qualquer forma, não: depois de você, não tive outro filho. Por mil motivos. Por um só motivo: medo de que acontecesse novamente.

Quando você tinha pouco mais de um ano, fomos a um centro de reabilitação na fronteira com a Suíça para uma estadia de três semanas. Era a primeira vez que eu passava tanto tempo com mães que viviam uma vida parecida com a minha. Entre elas havia a mãe de Federica, uma garotinha de cabelos escuros e maravilhosos olhos azuis. Acho que tinha quatro ou cinco anos e estava sempre no colo da mãe. Era a única forma de fazê-la sentir-se tranquila. Era uma garotinha robusta, mas a mãe a mantinha colada a si, sem se preocupar com o peso. Ela também era uma mulher maciça, forte. Não se conformava com o fato de ainda não ter um diagnóstico correto para a doença da filha. Tinha tido outra filha, também com problemas, que morreu com oito anos. Havia deixado o marido e um filho quase adolescente em casa. A única coisa que se sabia daquela doença genética era que só atingia o ramo feminino da família. Depois da estadia, mantivemos contato por um período e foi assim que um dia fiquei sabendo do falecimento de Federica, quando completou oito anos. Nunca esquecerei seus olhos, nem os da sua mãe.

A sensação de rasgo, de dilaceração, em lugares como aquele, é algo quase tangível: as famílias se dividem em duas, a distância, as cansativas ligações noturnas, quando finalmente a mãe consegue afastar do seu corpo a criança-coala e espia no celular as notícias do dia. Parece que posso enxergá-los do outro lado da linha, aqueles pais distantes, diante de um prato de macarrão com manteiga e parmesão, um garotinho de pijama — "Escovou os dentes?" — sozinho num quarto com duas camas.

Nunca invejei aquelas mães, tampouco aqueles filhos que ficavam em casa, muitas vezes descuidados, inevitavelmente em segundo lugar, vítimas sem culpa da deficiência dos seus irmãos.

16

Você tinha poucos meses, caminhávamos pela Via Merulana, quando encontramos uma senhora de meia-idade que saía pelo portão de um edifício. A mulher olhou para você — que estava no carrinho — e fez uma careta de desgosto. Essa foi a primeira mortificação de que me lembro. Vinha de uma desconhecida que havia cruzado seu olhar desparelho, o olho esquerdo desalinhado que converge para aproveitar melhor o pequeno resíduo de visão.

"Senhora, é preciso fazer logo alguma coisa para esse estrabismo", alguns dias antes dissera o oculista que tinha uma loja embaixo de casa. "Se fosse só esse o problema", pensei, dirigindo-lhe um meio sorriso, desarmada diante da sua preocupação inapropriada.

É inútil dizê-lo: como toda mãe, eu gostaria que todos a valorizassem, que a amassem da mesma forma que eu a amo. E então tento fazer com que as pessoas se apaixonem por você contando a elas suas façanhas. Às vezes, eu consigo. Mas não é sempre. Assim, quando vejo a recusa nos olhos de quem deveria cuidar de você, é sempre difícil de engolir.

"Não, senhora, não vou dar de beber à sua filha porque depois, se ela engasgar, eu vou acabar presa." Essas palavras, ditas pela professora assistente, foram as que nos acolheram no seu primeiro dia do ensino fundamental. Se ela tivesse me dado um soco no meio da cara, talvez tivesse doído menos. Bem-vindas à escola inclusiva. Uma escola aberta a todos. Uma escola onde se pratica a integração e a tolerância.

A escola é a pedra no sapato de muitas mães de crianças com dificuldades. A Itália produziu uma legislação virtuosa em termos de inclusão escolar, porém, entre a lei e sua aplicação eficaz, existem trincheiras nas quais se esconde um exército de mães beligerantes que travam uma batalha cotidiana.

Quando, no centro de reabilitação, contei para outras mães nosso batismo de guerra, elas, já veteranas, me acolheram com um sorriso irônico: "Bem-vinda ao clã". Aquilo que eu estava vivendo na escola fundamental elas já haviam enfrentado, mastigado, digerido. Protestaram e combateram, fizeram reclamações e boletins de ocorrência, discutiram com professores, assistentes sociais, diretores de escola. Recorreram à secretaria de Educação, consultaram advogados, apresentaram pilhas de atestados, documentos, laudos neuropsiquiátricos, diagnósticos funcionais. Algumas vezes até chamaram a polícia à escola, disparando boletins de ocorrência.

Porém, quanto mais avançamos, mais complicadas as coisas ficam. E mais os princípios que inspiraram a Lei nº 517/1977, que estabeleceu a inclusão escolar dos alunos com deficiência, se chocam com a rigidez dos currículos escolares, com as obrigações didáticas, com a separação dos papéis.

Portanto, é preciso se equipar, informar-se, estudar a legislação em vigor, saber exatamente o que cabe a quem. É preciso estar atentas como sentinelas, jamais baixando a guarda… Recorrer à linguagem bélica é instintivo. Mas é possível viver o tempo todo armado? Pôr o capacete e pegar a espingarda todas as manhãs, antes de sair de casa? Claro que é possível. Mas não é para mim, não sou uma mãe-hiena nem uma mãe-coragem.

Então, há dias em que deixo para lá e fecho os olhos para não ver. Atropelada pelo sentimento de culpa, nesses momentos tenho sempre a impressão de que estou falhando com você, que não estou defendendo seus direitos com vigor suficiente. Mas é uma questão de sobrevivência para mim. Aceitar que nem sempre a gente dá conta também faz parte do percurso. Respiro fundo e, pelo menos dessa vez, pulo o turno.

17

Há livros que têm o poder de nos conectar de novo com experiências de vida que permanecem enterradas em algum lugar, sob camadas de silêncio e de dor. *O acontecimento*, de Annie Ernaux, é um desses livros para mim. Com seu relato nítido, enxuto, essencial, Ernaux diz palavras sobre o aborto que são indizíveis para mim. Sua coragem — é disso que se trata? — me incentiva a segui-la, a ir até o fundo quando relato minha experiência porque, como ela escreve, não há verdades inferiores, e ter vivido algo, qualquer coisa que seja, confere o direito inalienável de escrever sobre isso.

Estávamos em meados de junho de 2004. Lembro-me de uma sala de espera, minha amiga Madda que veio me fazer companhia. Eu estava cabisbaixa, tentando espiar minhas companheiras de desventura. Porque se tratava disto, para mim: um dia desventurado, uma escolha que eu me esforçava para justificar como a única possível. Ao nosso redor, uma galeria de figuras femininas arquetípicas. Havia a garota sangue nos olhos: mochila nas costas, coturnos, jeito apressado. Movia-se com desenvoltura, como se não fosse a primeira vez. Como se não tivesse tempo a perder, lembro-me da rapidez com que, ao receber alta da enfermeira, vestiu-se com pressa e fugiu, mochila nas costas, sem olhar para trás. Havia a mãe de família, dolorida, com o rosto marcado pelo cansaço, o corpo pesado das gestações anteriores, mais um filho não, seria demais. Depois havia uma loira, jovem, estrangeira, acho que do Leste Europeu, passava o tempo todo agarrada ao celular. Falava de maneira agitada, soluçando, tentando fazer prevalecer até o último instante suas razões contra aquelas do homem que, evidentemente, a levara até lá.

Fomos conduzidas a uma sala ampla com seis leitos. Depois, uma a uma, nos convocaram para uma enfermaria onde nos deram um óvulo vaginal e uma fralda. Tínhamos de ir ao banheiro, enfiar o óvulo na vagina, vestir a fralda e esperar. Não me lembro quanto tempo se passou até me chamarem para o procedimento. Entrei. Havia uma mesa ginecológica. Disseram-me para tirar a calcinha e deitar. Foi então que meu corpo se revoltou. Comecei a chorar, a me debater, a gritar. "Não, não..." Lembro-me de mãos decididas que me mantiveram parada, o tempo de enfiar a agulha na veia, antes que todo o quarto desaparecesse dentro da anestesia. Acordei com calafrios. Tremia, estava gelada, me deram um cobertor. Madda estava ao meu lado, me tranquilizava dizendo que tudo tinha terminado. E sim, era bem isso: tudo tinha terminado.

Quando, um ano mais tarde, fiquei grávida de você, não senti nenhum beliscão na barriga. Nenhum frêmito, nenhum batimento de asas, só um atraso na menstruação, logo confirmei com a linha cor-de-rosa dupla do teste de gravidez. Disse ao seu pai que esse filho eu teria a qualquer custo. Nossa situação não era muito diferente do ano anterior, mas eu estava diferente. Sabia que não iria fazer aquilo mais uma vez.

27 de novembro de 2016

De Cecilia, coleguinha de turma, bilhete de feliz aniversário nos seus onze anos (ela tem oito):

Daria, você é doce como uma doceria,
Daria, você está presente como o ar,
Daria, você se esforça como uma livreira,
e eu gosto demais de você.*

* *"Daria, sei dolce come una dolciaria,/ Daria, sei presente come l'aria,/ Daria, tu ti sforzi come una libraia,/ e io ti voglio un mondo di bene".* [N.T.]

18

Essa noite, sonhei de novo que você era duas. Aconteceu muitas outras vezes: sonhos sempre diferentes, mas com o mesmo tema recorrente. Desta vez, eu a levava para cortar os cabelos no salão. A coisa estranha é que no sonho — como na vida real — você já tinha os cabelos bem curtos, porque eu a levara para cortá-los fazia uns dez dias. Então, no sonho eu estava no salão da cabeleireira com a sensação de não saber direito por que eu estava lá, como se tivesse cometido um erro e precisasse justificar o motivo da minha presença. Enfim, havia muito pouco cabelo a ser cortado. E então, de repente, eis que você se tornava duas: enquanto você permanece na cadeira de rodas, ao lado da cabeleireira, seguro no colo uma segunda Daria, exatamente igual à primeira. Mas eu sei que é você, no entanto é também uma outra. Uma outra filha de quem preciso cuidar, de quem tenho de me ocupar, da qual cortar os cabelos. A outra filha. A gêmea.

Quando você era pouco mais do que um pontinho no meu ventre, realmente era duas. Havia um pontinho gêmeo e vocês estavam — como iríamos descobrir algumas semanas mais tarde — em dois sacos próximos, mas separados. A convivência, porém, durou pouco, porque na quinta semana uma das duas câmaras se rompeu. "Um pequeno descolamento", sentenciou a ginecologista durante a consulta sobre os corrimentos escuros que manchavam minhas calcinhas. Era necessário repouso e observar o que aconteceria. Uma amiga me levou a outro ginecologista, um daqueles bons, no parecer dela, um daqueles em que podíamos confiar. Ele fez um exame de ultrassom e viu os dois sacos gestacionais, um dos quais estava se reabsorvendo. Tudo havia ocorrido bem no começo da gestação, nenhum perigo, segundo ele, para você que habitava no outro saco gestacional. E, em vez disso... quem sabe se seus problemas começaram naquele momento. Os estudos sobre a holoprosencefalia contemplam, entre as diversas hipóteses pesquisadas para encontrar uma razão para o enlouquecimento de um gene, também o fato de que o feto possa ter sido danificado pelo aborto de um gêmeo. Se isso for verdade, você seria vítima de uma tentativa de fratricídio.

Talvez, em todos esses anos, eu não tenha feito nada mais do que procurar um culpado. Algo ou alguém a quem atribuir a responsabilidade por aquilo que aconteceu. Um pouco como fazem alguns doentes, acusando a si mesmos pela própria doença: procura-se sempre uma causa concreta, pois não se aceita ser vítima de um simples acaso.

Por que eu tive câncer? Talvez eu tivesse alguma culpa para expiar. Uma grande culpa, a pior que se possa imaginar. Uma culpa indizível e, portanto, nunca confessada a ninguém. É sobre você, entrego-a às suas pequenas mãos que acariciam, às gotas das suas pupilas, aos seus ouvidos que conseguem ouvir até um sopro, aos seus lábios obrigados a guardar o segredo.

Quando dei a notícia ao seu pai de que estava esperando você, ele parou, de repente, de me procurar. Com o passar dos dias, lentamente a ausência dele tomou uma forma. No começo invisível, sutil, aos poucos cada vez mais densa, assumindo a dureza de uma parede contra a qual eu batia reiteradamente. Eu precisava entender, e depois aceitar, que de novo eu o autorizara a me enganar. Que nada havia mudado em relação ao ano anterior. O sacrifício do seu irmão, então, não servira de nada? Eu tinha cometido um erro, depois daquele primeiro trauma, ao voltar a juntar os pedaços e decidir que nossa história merecia uma segunda oportunidade? Ele jurou que isso jamais voltaria a acontecer. No entanto, aqui estava eu, de novo, deitada num sofá esperando o telefone tocar. Será que aquele amor no qual eu havia investido tanto valia tão pouco? Eu sei, a situação não era simples, mas eu tinha uma determinação que não admitia nuances e não havia espaço para acolher sua complexidade. Para mim, tudo era terrível, mas inacreditavelmente nítido.

Os dias passavam e eu me sentia sozinha no mundo, desesperada. Uma tarde, alguns dias depois da consulta com a primeira ginecologista, que tinha me recomendado repouso absoluto para evitar uma ameaça de aborto, de repente um pensamento começou a ocupar minha mente. Perdê-la por um aborto espontâneo poderia ser uma forma de escapar daquele beco sem saída. Quanto mais eu pensava sobre isso, mais isso se tornava uma possibilidade de contornar a situação. Na época, eu andava de scooter e Roma já era muito famosa, infelizmente, pelas suas ruas esburacadas. Eis o que eu faria: sairia de scooter para comprar livros e DVDs. Como é que não havia pensado nisso antes? No fundo, a ameaça de aborto já existia, eu só precisava dar um empurrãozinho nela para transformá-la em realidade. Não me lembro dos detalhes daquele passeio de scooter, mas acho que bati de propósito em alguns buracos e evitei muitos outros, lutando com o duplo desejo de matá-la e salvá-la. Ao voltar para casa, fui ao banheiro e verifiquei minha calcinha, procurando uma mancha escura. Mas não havia nada. E nada apareceria nos dias seguintes. Você devia estar bem agarrada às paredes do meu útero, durante aquela breve, louca corrida. Já era você, aquele dia? Ou você virou quem é por culpa minha?

Eis o que fiz, meu pecado inconfesso. Não busco justificativas. Só sei que amava muito seu pai, a tal ponto que era insuportável para mim a possibilidade de tê-lo perdido por culpa sua. Queria ser mãe, mas eu era mesquinha e vil, incapaz de assumir a responsabilidade, até o fim, de forma consciente. Havia invocado a intervenção de um infortúnio, sem saber que o alvo desse destino poderia não ser apenas você, mas você e eu, juntas, para o resto da vida.

19

A doença é a miséria máxima, a miséria máxima da doença é a solidão. Escrita por John Donne, leio a frase nas histórias de pessoas nas quais vejo pedaços refletidos da minha vida.

Solidão: um homem de quase setenta anos mata seu filho, uma pessoa com deficiência.

Solidão: uma mulher tenta agredir quem ocupou a vaga de carro reservada para o marido com deficiência.

Solidão: uma família procura os serviços sociais porque não quer mais cuidar do filho de onze anos, autista.

São todas histórias verdadeiras, apareceram nos últimos anos nas páginas do jornal. Histórias em que é difícil entender quem é a vítima e quem é o carrasco. Mas sinto que entendo ambos, pois me sinto ambos. Pergunto-me, ao mesmo tempo, "Como foram capazes?", mas também: "Como é que não desabaram antes?".

Pouco tempo depois do seu nascimento, li uma entrevista com um escritor que tinha acabado de perder a filha que sofria de uma deficiência grave. Disse que finalmente iria dormir. A verdade daquelas poucas palavras me arrebatou como uma onda do mar, o sal da dor misturado à espuma do alívio.

Ter um filho com deficiência significa estar sozinho. Irremediavelmente, definitivamente sozinho. Não se volta atrás. Nunca mais será como antes. É como se dentro de você tivesse se acomodado o caruncho do milho que aos poucos corrói a planta internamente, transformando-a num invólucro cheio de serragem. A superfície fica igual, mas sob as bordas, sob a pele, não sobra mais nada. A solidão é feita de pequenos pontos, um perto do outro. Não se percebe. Há a amiga que continua a lhe dar de presente chapéus grandes demais para a cabeça de uma criança com microcefalia. O primo que, com algum orgulho, sacode sob seu nariz um brinquedinho de madeira que nem um adulto sem deficiência conseguiria fazer funcionar, mas que ele se orgulha de ter escolhido especialmente para sua filha. Episódios que provocam raiva, ternura, pena, até fazem sorrir, quando você está de bom humor.

A verdade é que a vida dos outros corre igual a antes. E só isso já é um xingamento. Diz: "Mas o que você quer? A quem quer atribuir a culpa?". De fato. Porque sempre haverá alguém que irá lhe contar o quanto foi divertida aquela viagem ou as férias, que terá orgulho dos sucessos escolares e esportivos do filho. Um pontinho, outro pontinho, espicaça espicaça espicaça.

Também espicaça a colega do colégio que engravidou e teve um filho já há alguns anos e não lhe diz nada, talvez pelo pudor de não querer esfregar na sua cara a felicidade dela. Outro pontinho.

Espicaçam até mesmo aquelas poucas pessoas que ficaram ao seu lado no começo, mas depois a vida delas seguiu, os filhos cresceram e foram sendo levados para festas de aniversário e piqueniques, aulas de natação e acampamentos de verão, festas do pijama. É a vida que conclama. E você fica lá, a ver navios, enquanto eles seguem, vão além, já foram.

E se foram, distantes, até mesmo aqueles que deveriam estar mais próximos. Irmãos e irmãs. Se foram avós, tios, primos, sobrinhos. A dor afasta, a doença assusta. As famílias se desintegram. Fora, fora, fora.

A solidão é tão companheira que chega um momento em que você já não sente mais medo de nada. Quando está escuro e você grita e eu não sei mais o que fazer para você parar. Quando ouço e vejo seu sofrimento e não consigo encontrar uma cura. O que significa, então, um telefonema que não acontece. Um lugar vazio à mesa ou na cama. Posso suportar tudo se for capaz de assistir à dor da minha carne. Até morrer, então, torna-se uma possibilidade.

20

Junho de 2019, último dia de aula. A manhã inteira os gritos dos jovens ecoaram pela casa, entrando pelas janelas escancaradas. Na hora do almoço, um estouro: "ACABOU! ACABOOOU!". Nas ruas, pessoas jogando ovos e farinha: "FORÇA, MEU POVO!!!". Os olhos inflamados, as bochechas acesas pela correria, as camisetas suadas. Quanta beleza escancarada sobre um verão carregado de tantas promessas.

Enquanto eles deixam para trás um ano de escola, eu penso, angustiada, no que irá começar em setembro, quando finalmente, com quase catorze anos, você irá entrar no ensino fundamental II, nessa mesma escola que agora observo pela janela do seu quarto.

Sua sala de aula será bem aqui em frente. Se olhar, poderei ver as janelas por trás das quais você estará. Posso fazer como o protagonista do filme *Caos calmo*, o homem que, depois da morte da esposa, passava os dias no carro do lado de fora da escola da filha, e, de vez em quando, a cumprimentava com a mão, tranquilizando-a com sua presença. Para vê-la, eu nem precisaria erguer a cabeça, bastaria o olhar, para encontrar o seu. Pena que você nunca poderá me ver, desse "perto" que, para seus olhos, é de toda forma distante demais. Se você tivesse sido uma garotinha como as outras, teríamos dado muitas risadas sobre essa escola do outro lado da calçada. Quem sabe teríamos marcado algum encontro coordenado, para dar oi com a mão ou trocar mensagens cifradas com um código só nosso.

Talvez você fosse estudar em outra escola do bairro, com sua melhor amiga do fundamental I. A que tem os armários para guardar os livros e os alunos vão mudando de sala de aula para seguir as diferentes matérias, como nos seriados norte-americanos. Ou na escola multiétnica e inclusiva, onde porém há escadas na entrada e, portanto, talvez não seja tão inclusiva quanto declara ser.

A passagem entre os dois ciclos causa temor tanto nas crianças quanto nos pais. Em nosso caso, os medos são redobrados: os colegas adolescentes poderão se revelar ferozes, você não terá mais duas professoras, mas muitos professores para tantas outras matérias, já não haverá mais espaço para brincar... e haverá uma nova professora assistente. Como será que você vai reagir à voz dela? Será jovem ou de meia-idade? Experiente ou iniciante? Cada ano é uma incógnita. E se ela tiver escolhido a especialização em problemas de visão pensando assim em se eximir do encontro com uma deficiência mais difícil de gerir? E se for uma professora que nunca trabalhou com um jovem com deficiência, pescada da lista de substitutos porque as professoras assistentes estão com exaustão crônica?

Nos últimos anos, todas as minhas batalhas em nome de um direito sagrado à continuidade escolar foram sistematicamente desmoronando diante de uma burocracia sem sentido, diretores indiferentes ou impotentes, mecanismos de classificação incompreensíveis, entre a secretaria de Educação e os institutos, professores substitutos e permanentes, pedidos de transferência ou licença-maternidade, listas de pessoas com especialização e graduações gerais, substituições temporárias e anuais... uma série de variáveis que, em algum momento, parei de tentar entender. O que sei é que você nunca teve, por mais de dois anos seguidos, a mesma professora assistente, que o começo do ano letivo coincide com um período de intensa apreensão e que, com pouquíssimas exceções, o primeiro dia de aula sempre foi um dia de batalha campal para nós.

Um dia antes de você ingressar no sexto ano, por exemplo, recebi a péssima notícia de que, na manhã seguinte, o sinal não seria tocado para você. Nem para você nem para todas as crianças que na sala de aula precisavam de um assistente escolar municipal. Devido a uma estúpida incompatibilidade de calendário, o serviço prestado pela prefeitura começaria na segunda-feira seguinte. Uma mãe-hiena bateria com os punhos na mesa, gritaria e xingaria. Eu fiz os telefonemas necessários, exigi explicações, ouvi as justificativas, obtive garantias e pedidos de desculpas. Mas quanta raiva, frustração, amargura por trás daquela falta de atenção que, de fato, negava o direito ao seu "primeiro dia". Assim, enquanto seus colegas começavam a fazer amizades, a conhecer os novos professores, a se familiarizar com o pátio, com a sala de aula, com a cantina, você iria cair de paraquedas na turma uma semana mais tarde, no meio da manhã, depois da fisioterapia, como uma marciana que chega quando a festa já começou.

Morar na frente da escola, ouvir os gritos e os chamados da garotada, até mesmo o toque do sinal às oito da manhã, foi uma piada de mau gosto, um dedo na ferida naquele primeiro dia que não existiu.

Domingo à noite dormimos pouco e mal, e você arrancou seus cabelos. É provável que tenha sentido a tensão acumulada dentro de casa naqueles dias de espera e de expectativas frustradas. De manhã, sua cama estava cheia deles, muitos também estavam enlaçados nos seus dedos.

Finalmente, chegou a segunda-feira, de manhã cedinho você foi à fisioterapia com sua babá enquanto eu esperava em casa, tomada por uma ansiedade descontrolada. Estava prestes a descer, para acompanhá-la, quando aconteceu. Foi um segundo, uma lacuna entre o cérebro e o músculo, e o corpo se desligou por conta própria. Espantada, incrédula, me vi com a calcinha toda suja: havia me borrado. A raiva reprimida, a frustração, o medo de não conseguir: estava tudo lá, naquela pobre e miserável mancha de merda.

21

Na piscina, sem peso, aos poucos, seu corpo perde a rigidez. Rente à água, você joga a cabeça para trás e se livra da touca. Gosta de sentir a sensação de frescura no pescoço, molhar os cabelos. Nossos corpos, enfim, se tornam um só. Envolvo-a por completo com os braços. Um abraço esférico. Não há mais o encosto da cadeira me impedindo de tocar sua coluna, e a posição ereta me permite aderir completamente a você, sentir suas pernas, dos pés aos quadris e depois a pelve, o ventre, o esterno, até o rosto. Posso dar-lhe mil beijos molhados. Finalmente, há uma parte de cima e uma parte de baixo, uma parte da frente e uma parte de trás, ao mesmo tempo. Na piscina, nos refrescamos, tudo fica mais leve, a ausência de peso nos deixa eufóricas.

Deveríamos poder mergulhar todos os dias num poço d'água no qual, abraçadas, nos livramos um pouco do fardo da vida. Depois, subir de novo pelas escadinhas, secar-nos e pôr a carga de volta nos ombros. "Dentro de um abraço", escreveu Charles Bukowski, "você pode fazer qualquer coisa: sorrir e chorar, nascer de novo e morrer. Ou parar e tremer dentro dele, como se fosse o último."

Quem tem a sorte de gozar de boa saúde tem poucos motivos para se demorar sobre o corpo e sobre sua relação com o exterior: se os órgãos funcionam, podemos fazer qualquer coisa, comer, andar, fazer amor... Tomamos nosso estado, nosso ser, nossa realidade como coisas certas.

Assim que você nasceu, entendi que meu corpo iria precisar de manutenção e cuidado tanto quanto o seu. Quando se tem um filho com deficiência, é preciso, antes de mais nada, ter um bom condicionamento físico, por isso as mães de crianças especiais sempre desejam ter uma boa saúde. Para você que não consegue manter retos o tronco e a cabeça nem ficar sentada sem apoio, que não usa os braços nem as mãos e não pode se apoiar, agarrar, abrir e fechar os dedos, a única posição sustentável de forma autônoma é o decúbito dorsal. As outras crianças, em algum momento, param de ficar deitadas, de tomar leite, de fazer xixi na fralda, seus pais passam para a frente trocadores e aquecedores de papinha, livram-se das grades do berço, dos carrinhos para passear e dos assentos para banho, param de gastar uma fortuna em pacotes gigantes de lenços umedecidos e soro fisiológico em monodose. Para nós, por outro lado, os anos do cuidado físico nunca terminam.

Embora você sempre tenha estado abaixo do peso para sua idade, em algum momento começou a pesar demais para minhas costas. E, se eu não quisesse ficar travada, teria de treinar meus músculos e lubrificar minhas articulações. Fazer ginástica, continuar frequentando minhas aulas de dança contemporânea. Muitas vezes, quando você era menor e dormia menos do que agora, me fazia companhia durante meus exercícios matinais, enquanto amanhecia lá fora e a rádio tocava os primeiros programas do dia. Eu saía da cama cansada pelas noites passadas de olhos abertos e ouvidos tensos, enquanto você — bem acordada — me observava com curiosidade, rindo da minha respiração ofegante.

Na aula de dança, eu nunca desligava o telefone e, de vez em quando, durante as sequências, olhava para a tela que se acendia, ficava contra a parede à vista de todos. Recebia atualizações em tempo real sobre as comidas e os cocôs, às vezes mensagens de algum mal-estar me faziam correr para casa mais cedo. Minha professora entendia e me deixava fazer assim, eu não conseguia relaxar completamente, mas, às vezes, vivia momentos de total imersão na alegria do movimento e no prazer de dividir isso com meus companheiros de curso. O diagnóstico — anunciado por uma pontada nas costas quando voltava de uma aula — pôs um fim até nesses pequenos espaços. E eu, que havia apostado tudo no meu corpo, um corpo treinado por tantos anos de prática para ser meu aliado no cuidado com você, não estava pronta para testemunhar a lenta e progressiva degeneração dele.

A urgência da doença arranca as forças, impede temporariamente de agir, de viver. Depois, há o tempo dilatado da cura, durante o qual o objetivo é um só: combater para derrotar o mal. Mas depois, um tempo mais adiante, se você permanece vivo, começa a se interrogar sobre a vida que lhe restou.

"A senhora está muito bem!", dizem os oncologistas. "Mas eu não estou bem", tento responder, sentindo-me fraca. Tento explicar o porquê, faço uma lista rápida dos efeitos colaterais da terapia anti-hormonal. Não me lembro mais do nome das pessoas, sinto que tudo o que aprendi numa vida passada debruçada sobre os livros está literalmente evaporando, fico sem palavras quando estou em público, começo a balbuciar, hesito, retiro-me, faço de tudo para me tornar invisível… Os médicos olham para mim sem esconder o incômodo, como se estivessem diante da manha de uma criança mimada. Consegui me livrar e estou reclamando de uma unha encravada? Eu mesma, então, tento minimizar o problema, como se a qualidade de vida fosse um luxo do qual podemos abrir mão, se tivermos a sorte de ainda termos uma vida.

Patrizia Cavalli também disse isto: "A doença tirou minhas forças, o tratamento tirou minha memória". Na sua declaração lapidar, reconheço o desespero da perda: não há escrita sem memória. Não há trabalho, não há vida.

Passam-se longos meses vividos num estado de lentidão, meses que se convertem em três anos e cuja fragilidade se torna parte de mim. Aceitar que será assim para sempre: é esse o ponto pelo qual devo começar de novo, para poder imaginar um futuro.

Se já não consigo mais escrever sobre ela, falar dela em público, analisá-la como o fazia antes, tento então encontrar a dança de novo no corpo, recomeçando do zero. Pés em paralelo, pernas levemente entreabertas. Aprender de novo uma língua que eu conhecia muito bem, mas esqueci. Hoje me olho no espelho e não me reconheço. O corpo já não consegue fazer o que fazia antes. Cansa-se, desacelera, pede repouso. Por um longo ano, depois da cirurgia no seio, foi impossível para mim fazer o gesto simples de levantar o braço para pegar os pratos do escorredor de louças.

Quando sentimos dor em alguma parte do corpo, tentamos evitar que alguém se aproxime dela, e, às vezes, o que fazemos pelo corpo também é para nossa alma: tentamos não ser tocados.

Se a doença altera o eu, foi naquele momento que comecei a me tornar outra? Talvez para que não me tocassem, aprendi a levantar a barra da exasperação. Parei de encarar de frente todos os acontecimentos do dia e a indignação foi substituída por uma atitude de aceitação da realidade. Quando a plataforma de acessibilidade da escada da escola está quebrada, não adianta ficar se roendo se a zeladora finge que não vê para não me ajudar a subir as escadas. Se a professora assistente tira dias de folga a todo momento, quer dizer que você terá outro professor e, se isso também não for possível, mudarei o horário do atendimento domiciliar, buscarei você na escola mais cedo... vamos ver. Quão difícil pode ser? Uma solução será encontrada. Não fico brava nem mesmo diante dos carros estacionados nas rampas de acesso, colchões jogados ao lado das lixeiras que bloqueiam a via, os paralelepípedos rachados e os buracos que destroem sua cadeira de rodas, deixando-nos plantadas no semáforo...

Agora é claro para mim que nunca mais serei aquela de antes, mas hoje sou eu, canto dentro de mim roubando as palavras de uma música que tanto amei. "*Sono io*" — sou eu —, repito, batendo a palma da mão direita no peito, mas com cuidado para não tocar o acesso subcutâneo, um cateter venoso central que acabei de implantar na veia subclávia e que ainda não posso incluir no meu passaporte do paciente.

Depois de três anos, a terapia anti-hormonal parou de funcionar. Eis-me aqui, então. Numa cama do day hospital oncológico, na postura que muitas vezes imaginei, ligada a um soro intravenoso. A imagem do corpo doente que jamais gostaria de ter encarnado. Docetaxel, pertuzumabe, trastuzumabe, além de vários outros medicamentos, são administrados lentamente, gota a gota, num total de sete horas de infusão. É minha primeira sessão de quimio. A equipe é muito simpática. Eu e minha companheira de quarto, uma senhora de mais idade e com um rosto de tom marrom que me lembra o rosto do meu pai na noite em que morreu, estamos com muito frio, porque o aquecimento não funciona. A enfermeira tenta ligar um pequeno aquecedor, conecta-o num filtro de linha com seu nome — ela o trouxe de casa —, mas também não dá certo. Nos cobrimos com nossos casacos. Eu, sempre prevenida, tenho um grande cachecol de lã na bolsa. De fato, me organizei direitinho, com biscoitos, um livro, vários podcasts baixados, o Kindle.... Como se estivesse indo para uma longa viagem.

Nos dias seguintes, a toxicidade do veneno invade cada fibra do meu corpo, sacudindo-o por dentro. A cada dia, a descoberta de um ou dois efeitos colaterais, até que passo a sentir vários deles, alguns recorrentes, outros novos e inesperados. É difícil manter o entendimento de que esse veneno é meu exército aliado, minha tropa de cavalaria que se arma até os dentes e parte para o ataque. Mais uma guerra? Eu teria me poupado disso de bom grado.

O corpo se rebela, insurge.

Algumas semanas depois da primeira sessão, começo a perder os cabelos. Havia me preparado com antecedência: assim que voltei para casa da consulta com o oncologista que me anunciara a passagem para minha nova terapia, marquei um horário e no dia seguinte já estava sentada na cadeira do cabeleireiro. Um belo corte bem curto e, sob os golpes de tesoura, em meia hora, aos meus pés se recolhiam as mechas de cabelo "loiro estilo zona norte de Roma". De resto, não gostava nada delas. Depois, minha amiga Giò me acompanhou para comprar alguns turbantes e também montei uma coleção, bastante boa, de chapéus e lenços. Que nunca iria usar uma peruca estava claro para mim desde o princípio.

No entanto, por mais que a gente se prepare, há reações que não se pode prever. Ver minhas mãos cheias de cabelos foi um choque. Porém, mais uma vez a experiência com você, que muitas vezes levei para cortar o cabelo bem curto, me ajudou. Todos reclamavam, muitos achavam que você era um menino, algumas pessoas me acusaram de acrescentar mortificação à mortificação: você já é uma pessoa com deficiência e eu ainda raspava sua cabeça! Poucos sabiam a verdade: eu queria evitar que você os arrancasse, como quando fica nervosa, especialmente no meio da madrugada. Nunca suportei isso, e todas as vezes que acontece, eu ameaço levá-la ao cabeleireiro e cortar tudo de novo. Mas quando estão longos, você tem cabelos tão lindos, de uma cor loiro-acinzentada idêntica à cor dos meus cabelos na sua idade, mas um pouco ondulados, e isso você puxou do papai, que quando era jovem exibia uma melena de cachos escuros.

Mas enfim, no mesmo dia em que eu estava preocupada com aquelas clareiras desprovidas de cabelo na minha cabeça, lá estava você voltando da escola completamente cheia de piolhos. Então era por isso que você tinha tocado constantemente na têmpora direita no dia anterior! Era o local onde você mais tinha piolhos e provavelmente coçava. Como de costume, você tentou comunicar seu desconforto, mas eu não entendi: achei que era o ouvido que doía e até pinguei umas gotas contra infecção. Em minha defesa, só posso dizer que, apesar dos alarmes cíclicos e repetidamente lançados ao longo dos anos nos chats das famílias, você nunca tinha pegado piolho. Haveria um momento melhor para desviar a atenção da minha cabeça para a sua? Mas é claro! Preciso ter mais fé na capacidade que nossos corpos têm de se comunicar, no vínculo que nos une e que às vezes encontra caminhos misteriosos para se manifestar.

Enfim, esse episódio é como uma porta que se abre para o conhecimento: por muito tempo, pensei que minha doença era incompatível com a sua, que nossos corpos doentes não poderiam coexistir e, acima de tudo, que eles não poderiam conversar entre si. Em vez disso, toda comunicação continua a passar pelo corpo, mesmo que ele esteja doente. Ao contrário, ouso dizer: ainda mais por estar adoecido.

Sou meu corpo, que acumula sinais, feridas, cicatrizes. Corpo que é meu selo, texto que fala de mim. "Na doença revelo todo o meu ser. Na doença me desenvolvo, cresço como uma flor, encontro minha verdadeira vida", escreveu Franz Kafka. O corpo me inspira, me guia, me ensina. Nele — qualquer corpo que seja — preciso acreditar. Só recuperando a confiança no meu corpo poderei expô-lo aos seus ataques. Posso deixar que você me invada e não temer mais nada.

Busco conforto nas páginas dos livros, carente de confirmações de quem viveu na pele a experiência de se inocular um veneno que é a própria cura, e conseguiu traduzir os fatos em palavras. "Eu não sou nada além do tratamento que estou fazendo", escrevia Severino Cesari. "E não estou sozinho em fazê-lo. O tratamento pressupõe o exercício cotidiano do amor. Não há outra vida além desta agora, desta vida maravilhosa que permite mais vida." Sim, é isto: o tratamento é minha única vida possível, neste momento.

29 de novembro de 2016

Na escola, redação do terceiro ano do fundamental, depois de uma internação sua.

Título: Finalmente Daria voltou para a sala de aula.

Orlando: *"A sala de aula fica mais feliz e sorridente quando a Daria está presente. Quando você está, pensamos melhor e com mais fantasia e coragem. Você abre nossa imaginação".*

22

Quando entendi que você tem uma quedinha por um garoto da sua turma, falei no seu ouvido que eu, com sua idade, também me apaixonara por um garoto que tinha o mesmo nome: Paolo. Estávamos abraçadas no sofá, nosso lugar para trocar carinhos à noitinha. Você sorriu e, com sua voz sem palavras, começou a dar a notícia com uma modulação de sons tão articulados que me deixou interdita. Era como se tivesse entendido perfeitamente o que eu lhe contava. Naquele momento, tive certeza de que estávamos nos comunicando de verdade, numa modalidade que não sei explicar, que não passa pela linguagem verbal (não para você, pelo menos) mas que chega direto, sem rodeios, e preenche todos os sentidos.

Passaram-se mais de trinta anos desde que Paolo voou para sempre com sua vela de windsurf, numa manhã cinzenta de fim de outubro. Queria sair de todo jeito, mesmo não sendo época, contra a vontade da mãe que se recusava a lhe dar as chaves do carro. "Então eu vou queimar seu casaco de vison!", desafiou-a. Junto com um amigo, percorreu os poucos quilômetros que o dividiam do porto, levado pelo desejo de devorar a própria vida arrancando-a aos bocados, um desejo que me atraía como um ímã, eu tão calma e bem-comportada, tão distante dos seus entusiasmos acesos, das suas cabeçadas, da sua ironia fulgurante. Eu já tinha nascido velha, ele nunca envelheceria.

Morrer aos vinte e um anos. Tornar-se um modelo incompleto de beleza, perfeição. A completude que só a morte pode oferecer.

Como agora somos cúmplices nesse pequeno segredo, posso finalmente lhe contar sobre Paolo e eu. Vou lhe mostrar a única foto que temos juntos, eu com quinze e ele com um ano a mais. No início dos anos 1980, ainda tirávamos poucas fotos, e apenas em ocasiões especiais. Essa impressão colorida é uma foto roubada sem nosso conhecimento por um garoto durante um passeio na segunda-feira de Páscoa, *lu Pascone*, como a chamamos na minha região. Estamos num gramado, eu sentada feito Buda, Paolo deitado, a cabeça apoiada na cavidade formada pelas minhas pernas. Ele está com a mão levantada em direção ao meu rosto, acariciando minha bochecha. Alguns dias mais tarde, aquele garoto me parou na rua principal da cidade para entregar a foto impressa. "Vocês estão parecendo o casal do filme *La Boum*", foi o que ele disse, e então esse apelido grudou em nós. Tenho certeza de que Paolo brincava a respeito disso com seu grupo de amigos — eles eram fãs de *Meus caros amigos* mais do que desses filmes água com açúcar de adolescentes. Estes eram tudo para mim, eu que lia *E o vento levou*, outro apelido que um dos seus amigos tinha colado em mim ao me ver com o livro nas mãos, mesmo porque eu era magra feito uma vareta vestida e qualquer vento mais forte teria me levantado do chão e me levado embora. Aquela foto, um exemplo aparente de ternura e doçura, fora tirada, de fato, no momento que se seguiu a uma briga. Eu havia descoberto que Paolo e seus amigos tinham se afastado para fumar um baseado e, assim que consegui ficar sozinha com ele, não perdi a oportunidade de lhe dar um puxão de orelha: "Por que você faz isso? É perigoso. Faz mal!" — e adiante com todo o meu repertório de repreensões e recriminações. Mas Paolo sorriu e me fez um carinho, com certeza me tranquilizando com aquela leveza que, só entendi mais tarde, não era superficialidade e despreocupação. Era vontade de viver, de experimentar tudo o que podia no pouco tempo que o destino lhe concedera. Precisava fumar, mesmo que fizesse mal. Precisava faltar à aula, sempre que tivesse essa vontade. Precisava transar, mesmo se eu não me sentisse pronta. Precisava dirigir, mesmo sem habilitação. Precisava fazer bronzeamento artificial, usar brinco, depilar o peito, tomar remédios para inchar os músculos, fumar baseado. E se eu — como sempre — me recusava a satisfazê-lo, ele encontrava um outro, ou uma outra, feliz de dividir com ele aquelas experiências. Paolo não podia me esperar, porque não tinha tempo. Precisava fazer tudo, e logo. Eu me tornaria uma adulta, já ele, na memória de todo o vilarejo, sempre terá vinte anos.

Sua perda é um dos danos, talvez o primeiro dano real, que me fez ser quem sou. Aconteça o que acontecer comigo, sei que vou sobreviver, porque sobrevivi a essa perda.

Dentro de mim, Paolo ainda está vivo: vivo com seu sorriso, vivo com seus lindíssimos olhos verdes, vivo com o coração na garganta todas as vezes que o encontrava, estivéssemos juntos ou separados, estivesse ele sozinho ou acompanhado da sua última conquista. Se seu primeiro amor morre, é inevitável que se torne eterno. Paolo foi minha primeira vez: o primeiro amor, a primeira dor, curioso que em ambos os casos haja uma dilaceração. Algo se rompeu, o primeiro rasgo. Eu sabia que haveria outros? Sim, sabia. Sabia que continuaria a viver? Não, mas aprendi, aos poucos, que o tempo passava e eu continuei não morrendo.

Agora, sempre que vou ao cemitério, vejo-me dizendo duas vezes minha antiga despedida aos túmulos, aquela que continuei murmurando nos últimos trinta e cinco anos — Tchau, Pa' — e que agora repito também no frio da capela onde descansa o vovô Franco. Tchau, pa' — "tchau, pai".

Sabe-se lá o que você entendeu das poucas palavras incertas com que lhe disse que seu adorado avô já não estava entre nós. Deixei passar alguns dias antes de lhe dar a notícia. Precisei de um tempo para ter certeza de que conseguiria construir a fala sem me deixar inundar pelas lágrimas. Como é possível transmitir esse evento tão dolorido e definitivo? Segui o conselho de pensar num objeto para lhe dar de presente, uma coisa real, um "lugar físico" que para você pudesse representá-lo, algo que você pudesse tocar, ao qual você pudesse se dirigir. No fim, optei por uma pequena almofada em forma de estrela, encomendei pela internet, sobre ela a impressão de um retrato do vovô. É a mesma foto que usamos para a igreja e para o cemitério, tirada com o telefone na festa dele de oitenta anos. Era a foto de grupo, diante do bolo. O papai aumentou-a para criar um primeiro plano e apagou no Photoshop minha mão, que estava apoiada no ombro dele. Todas as vezes que olho para a foto — o papai imprimiu algumas cópias para nós que somos da família — penso na morte que o arrancou do nosso abraço, isolando-o e fixando-o para sempre naquela expressão sorridente, alegre. Ele no meio de um grupo composto só de mulheres, "suas" mulheres, indiscutível soberano de uma corte toda feminina: esposa, duas filhas e três netas.

Você, a *cittila*, a pititica da casa, demorou um pouco para começar a se relacionar com ele, mas aos poucos conseguiu conquistá-lo. No começo, ele não se importava muito com você. Nos seus primeiros anos de vida, você só precisava de alguém que se preocupasse com suas necessidades primárias, e o vovô não era uma pessoa acostumada aos cuidados. Porém, desde que você começou a se comunicar, dessa forma toda sua, com risadas e pequenos gritinhos, o amor floresceu entre vocês dois. "Vovô" era a palavra mágica que fazia você rir e gritar, fazia com que você endireitasse as costas e elevasse a cabeça. As conversas de vocês, mesmo de longe, eram uma diversão só. Havia algo de instintivo no jeito com que ele se referia a você, e isso sempre a encantou. Ele não sabia nada de estratégias comunicativas alternativas, mas a voz do vovô capturava sua atenção e, agora que penso nisso, por muito tempo foi a única voz masculina, excluindo a do papai, que você não só tolerou, mas adorou incondicionalmente. "*Meravigliosa*", ele cantava entoando a música de Modugno que hoje, na versão da banda Negramaro, entrou por mérito na sua playlist como "a música do vovô".

Depois, tudo aconteceu de repente. Um dia, como escreveu Joan Didion, você se senta à mesa e sua vida não é mais a mesma. Outro luto, outro dano.

Tchau, Pa'. Tchau, pa'.

23

Sinto como se meu coração fosse de pedra. Duro, inquebrantável. Há três meses e meio — quando comecei a quimioterapia — penso na minha morte, e em como organizar as coisas para que tudo não desabe quando eu não estiver mais aqui. Passo os dias lendo sobre investimentos e "depois de nós", questionando advogados sobre cotas de herança legítima e ascendente, finalizando minhas diretivas antecipadas de vontade. Se o papai e eu morrermos ambos num acidente, sua condição de pessoa com deficiência exigiria a intervenção de um juiz tutelar. Penso em tudo isso com uma frieza que me assusta. Como se o fato não fosse meu, diriam em Nápoles.

Eu lhe disse: tenho um coração de pedra. Sinto que nada me toca. Que qualquer coisa poderia acontecer e eu não me moveria sequer um milímetro desse meu estado. Talvez tenham acontecido muitas coisas, e agora eu já não tenho mais medo de nada. Sinto-me condenada.

Com frequência, as pessoas falam comigo sobre a importância do desejo de cura. "Você tem que se envolver", repetia de forma obsessiva aos pacientes de câncer o padre de uma série televisiva de Mattia Torre, *La linea verticale*. Ultimamente, sinto uma irritação ao ouvir essas palavras. Fico em silêncio por educação, mas mandaria todos tomarem no cu. É que eu não acredito nisso. Queremos dizer que Mattia, Luca, Michele, Roberta, Lucien, Angela, Paolo e mil outras pessoas não se curaram porque não se envolveram? Ora, faça-me o favor! Quando tecnicamente o tumor entrou dentro de você e está classificado como metastático, você vai mesmo se envolver, mas não há como removê-lo de lá. Ele entra em remissão, mas depois volta e te fode noutro lugar. É só uma questão de tempo.

Nas últimas semanas, parei de telefonar, também parei de atender. Não quero conversar. Poderia dizer somente "estou com náusea", "meus olhos lacrimejam", "caíram as unhas do meu pé". Como expressar o cansaço, o sofrimento, a exasperação dos dias da doença, iguais, diferentes, longos? A raiva pelos venenos da cura que mortificam o corpo carregando consigo aquele pouco de beleza? Estou feia, muito feia. Estou com os olhos inchados, lacrimejando sem parar. Minha pele está seca. Não paro de ter diarreia. Tenho uma cor acinzentada de pessoa doente, as olheiras são como dois camarões pretos. Meu corpo me provoca horror. Um invólucro que se desfaz. O centro endurece.

"Se puder, evito até mesmo tomar banho para não sentir o contato das minhas mãos na pele", confidencio a Martina pelo Whats-App. No dia seguinte, enquanto estou no hospital para a sessão de químio, chega um pacote em casa. Estranho, não me lembro de ter pedido nada. Peço que o papai o abra. Pouco tempo depois, recebo uma foto de duas esponjas para tomar banho. Na embalagem, os contornos sinuosos de um corpo feminino. Martina...

Fechada na minha carapaça, é difícil encontrar um pouco de maciez, até com você. Olho pouco para você, toco-a ainda menos. Você percebeu? Está brava comigo por isso? Perdão. Impus uma distância entre mim e o resto do mundo. E você acabou ficando nesse resto. Não sinto nada. Nem dor nem medo. Talvez só arrependimento por aquilo que eu poderia ter feito e não fiz. Pelo pouco que vivi, e agora estou aqui. A vida passou. Não vejo nada diante de mim. Que fim vão levar todos esses livros? Quem irá lê-los? Você não irá.

Não conseguir falar. Mas também não querer mais ouvir. Chega de palavras de conforto, chega de piedade, chega de ladainha motivacional. Chega dessa empatia e do *"Daje, s'aripigliamo"* — "força, vamos sair dessa".

Silêncio. E no silêncio, se você tem um coração de pedra, encontrar de novo as palavras escritas. Livros que há muito tempo me esperavam e que, sem que tivesse essa intenção, chegaram a mim. Basta abri-los para encontrar histórias de doença e de luto. Histórias de sofrimento e de dor das quais qualquer um, nas minhas condições, ficaria longe. E é o que minhas amigas me sugerem que eu faça quando digo o nome desses títulos. "Está louca? Deixe isso de lado." "Leia algo mais alegre." "Não seja masoquista." Porém, pelo contrário, carrego essas histórias comigo para o hospital, devoro-as durante minhas noites de insônia sob o efeito dos corticoides. E finalmente consigo chorar. Choro por Jude, choro por Juliette e por Étienne: não consigo chorar por mim, mas posso fazê-lo por uma vida como tantas outras, ou por vidas que não são a minha, mas que em alguns aspectos se assemelham bastante. Aí estão as palavras que eu buscava, as únicas que poderiam atingir a pedra do coração, criar um eco, ressoar. Mais lágrimas se juntam às que continuam, de forma insensata, a cair dos olhos.

Do livro de Carrère, me chama a atenção a teoria elaborada pelo psicanalista Pierre Cazenave, que se definia um "canceroso". Ele diz: "Quando me informaram que eu tinha um câncer, entendi que o tivera desde sempre. Era minha identidade". Partindo dessa forma de sentir, Cazenave chega a afirmar — confrontando-se com diversos pacientes "cancerosos" — que existem pessoas para as quais o câncer não é um acidente, mas a expressão mais extrema de uma infelicidade preexistente. Algo que pertence à sua identidade e que vem de um lugar distante, da infância, da consciência de nunca ter existido de verdade, de nunca ter vivido de verdade. Essa doença infantil pode permanecer em silêncio por anos, e depois se manifestar de repente. Quem sofre disso o reconhece imediatamente.

Essa leitura me leva de volta no tempo, a um dia da minha adolescência quando, mexendo numa gaveta no quarto dos meus pais, encontrei um certificado de interrupção de gravidez. Eu ainda era pequena e essa descoberta me chocou, deixou-me a impressão nítida de que minha existência pudesse ser o fruto do puro acaso. Talvez aí, pela primeira vez, formava-se a consciência da precariedade da vida: cara ou coroa, nascer ou não nascer.

Mais uma vez, penso na perda de Paolo. Meu sonho de amor despedaçado. Também naquele caso — eu tinha vinte anos — tive consciência de que a morte dele seria um rasgo e eu nunca mais iria voltar depois disso. Algo se despedaçava e nunca mais iria, de fato, se recompor. Como pude continuar a viver? Foi vivendo um dia por vez.

E ainda penso no seu nascimento. No meu sonho de mãe que foi despedaçado. A consciência, desta vez, de que seu nascimento era algo que já havia sido arrancado em mim. Como uma ferida suturada sobre a qual o cirurgião volta a cortar com um bisturi afiado. E abre-a de novo. Continuei a viver. Um dia, outro dia, mais um dia. Viver mais um dia todo mundo dá conta.

Eis por que, quando adoeci, não me surpreendi tanto assim. Aquela ferida, aquela lesão nas costas, aquele nódulo no seio já estavam lá fazia tempo. Esse tumor sou eu, é minha identidade. Reconheço-me nele e, finalmente, vivo.

Hoje de manhã, caí na frente do laboratório. Assim, simplesmente, dei de cara no chão. Um tropeço, três ou quatro passos com o peso completamente desequilibrado para a frente e depois para baixo, no chão, as mãos no asfalto tentando proteger o rosto. Nos poucos segundos em que os pés continuavam a articular o passo, dilatados como uma sequência em câmera lenta, minha mente tinha certeza de que as pernas iriam me segurar e eu conseguiria permanecer em equilíbrio. No entanto, que surpresa, que sentimento de impotência quando me vi no chão, ciente de que não havia conseguido.

A metáfora da queda sela minha natureza cancerosa: caio de novo, recaio, bato lá onde já havia um hematoma. A sutura se abre mais uma vez, volta a se rasgar aquilo que já há algum tempo estava dilacerado.

24

No dia 30 de agosto de 2019, você ficou menstruada, "sua vida se quebrou". É assim que se diz lá de onde eu venho, para saudar a chegada da menarca: *Ti s'à speizzète la vite*. Você tinha quase catorze anos, tornou-se uma mulher, eu não estava lá. Eu tinha certeza de que isso iria acontecer na minha ausência. Na semana anterior, enquanto estávamos todos juntos na praia, com seus avós, você tinha começado a manifestar um estranho sofrimento: rangia os dentes o tempo todo, a baba descia da sua boca com mais abundância do que o normal, o rosto se contorcia fazendo caretas de dor. No começo, achei que fosse um problema com algum dente, como já havia acontecido várias vezes. E como sempre, com você, é preciso proceder por tentativas. Nossas conversas sobre suas condições de saúde são marcadas por conjecturas e hipóteses. Parecemos um pequeno grupo de eleitos — eu, o papai, a babá —: um pouco adivinhos, um pouco detetives particulares. Coletamos indícios, nos exaltamos por uma intuição que na hora nos convence plenamente e depois de algum tempo se mostra falsa. Porém, daquela vez, eu senti que se tratava de um novo mal--estar e você me mostrara isso quando, diante da pergunta insistente para que mostrasse onde doía com a mão, seu punho voltava de novo para a barriga, mesmo em posições, contextos e momentos diferentes do dia, porque com você foi sempre necessário tentar e voltar a tentar. É provável que você sentisse alguma cólica, uma típica síndrome pré-menstrual. E, de fato, no dia anterior ao nosso regresso das breves férias, o papai e eu recebemos a fatídica notícia, acompanhada por documentação fotográfica inequívoca, da sua "vida quebrada".

Comigo aconteceu aos catorze anos recém-completados, a última entre todas as minhas colegas do primeiro ano do colegial. Lembro-me da euforia pela chegada de um evento tão esperado que fazia, finalmente, com que eu me sentisse igual às outras, mas também da vergonha por aquela bandeja de doces comprada pela minha mãe para celebrar a ocasião, obedecendo a um costume que veio sabe-se lá de que herança popular antiga.

Desde então, passei a anotar, pontualmente, o começo de cada ciclo menstrual num pequeno bloco de notas branco, dentro de uma capinha dourada que continha uma pequena caneta. Um objeto dentro do qual está contido, mês após mês, ano após ano, o tempo da minha fertilidade. Trinta e cinco anos, dos catorze aos quarenta e nove, quando a terapia anti-hormonal me catapultou, de um mês para o outro, a uma menopausa forçada.

No fundo de uma gaveta, eu ainda guardo essa relíquia, um objeto que, até mesmo naquela época, já tinha algo de antigo. Mas agora tenho outros prazos nos quais devo pensar e outros suportes onde anotá-los. Uma nova anotação no calendário do celular, "ciclo menstrual daria", junta-se a outras anotações periódicas que devem ser lembradas: "fisioterapia", "substituição do botão daria", "pedido de fraldas", "renovação do certificado de nutrição", "day hospital neurológico", "consulta com ortopedista", "radiografia da pelve e da coluna vertebral"... Minha agenda está cheia de você, na minha carteira há o meu e o seu RG, a minha e a sua carteirinha do sistema público de saúde, o meu e o seu atestado de invalidez. No computador, estão meus laudos e os seus. Quanto mais o tempo passa, mais ficamos parecidas, nós duas. Talvez todos os meus sonhos sobre você ser duas só falem de você e de mim. Eu sou sua mãe, sou seu irmão abortado, sou sua irmã gêmea que não nasceu.

27 de novembro de 2019

Hoje você faz catorze anos.

O presente de Cecilia, a melhor amiga, é um álbum preenchido pela metade por fotografia das duas juntas, desde o primeiro ano da escola fundamental.

Está acompanhado pelas seguintes palavras:

Para mim, você é a luz nos momentos de escuridão,
a lua na noite, minha estrela polar.
Para além de tudo e de todos, estamos você e eu.
To be continued.

25

Cinco da manhã. Sentada à mesa de jantar, a cabeça entre as mãos, finalmente me abandono ao pranto. Enquanto a casa inteira dorme, talvez eu tenha a esperança de que alguém me ouça, que você acorde, que o papai venha me pegar nos braços para me consolar. Estou exausta. Depois da centésima noite sem sono, tomada por uma náusea que não me dá trégua, sinto que já não aguento mais. É pesado demais para mim. E pensar que haverá mais sessões de químio é intolerável, acho que não vou dar conta. Um comprimido de Plasil e o desabafo do choro fazem com que eu me sinta um pouco melhor. Tento interrogar esse corpo tão adoentado, perguntar-me se ainda posso contar com ele. Desenrolo o tapetinho e deito no chão. Dores por todos os lados. Pequenos movimentos das costas, como uma onda que de baixo corre em direção ao alto, e volta. A respiração se apazigua, torna-se mais regular. As mãos sobre o ventre, para proteger, conter, esquentar as vísceras em rebelião.

Penso que meu corpo me traiu e me ressinto disso. Sua fragilidade agora faz parte de mim e, toda vez que ela se manifesta, mesmo que seja apenas com um pequeno sinal, o ardor dessa traição é reacendido, como brasas que se tornam chamas outra vez. É este, agora, o sentimento mais vívido, a lembrança de feridas e insultos recentes, tão doloridos que ofuscam qualquer lembrança pregressa. Procuro em mim vestígios de experiências passadas, giro os punhos e os tornozelos lentamente, tento esticar as mãos e os pés. Mas os dedos estão dormentes, frios, sem sensibilidade. A intenção não produz o alongamento, ela não encontra espaço para se esticar e ir além dos limites da pele.

O tempo que passa, as lembranças, o corpo que muda, a memória, a velhice, a perda... tudo isso ressoa no âmago. E, enquanto estou aqui, deitada e incapaz de me mover, penso de novo num espetáculo de Olivier Dubois que vi há alguns anos, *My Body Coming Forth by Day*. Vem à mente a imagem do coreógrafo francês que dá as boas-vindas ao público convidando-o a se sentar nas arquibancadas e em ambos os lados do espaço cênico. Numa mistura de francês, inglês e italiano, ele caminha pelo palco, lisonjeia os presentes, oferecendo-lhes uma taça de champanhe ou um cigarro, e explica que precisará da participação ativa deles na apresentação. No começo, sinto uma irritação pela forma com que ele tenta a todo custo essa provocação, a risada, a aproximação. Não gosto que esteja bebendo e fumando de forma arrogante, enquanto exibe com orgulho um corpo enorme com uma barriga decididamente flácida e de tipo pochete.

Até os quarenta anos, Dubois era considerado um dos dançarinos mais talentosos do mundo, amado por coreógrafos como Jan Fabre, William Forsythe, Angelin Preljocaj. Depois, talvez cansado de ser simplesmente um intérprete, começou a fazer suas próprias coreografias.

My Body... parte de uma pergunta: o que permanece hoje, naquele corpo, das dezenas de coreografias que Dubois dançou durante sua carreira? E quanto vale aquele corpo-arquivo, memória vivente e encarnada de tantas obras de arte? O coreógrafo francês nos propõe um jogo: pescar ao acaso o título de um espetáculo em que ele foi um intérprete, que ele irá executá-lo diante de nós. O primeiro foi uma homenagem a Fred Astaire. Com um solavanco repentino, Dubois passa de um estado corporal comum para uma presença deslumbrante que se manifesta no seu olhar, na atitude da sua figura e na sua postura em relação ao proscênio. Num instante, estamos todos com ele. Mas isso é só o começo. Segue-se uma longa série de peças que Dubois dança com incrível maestria, às vezes com genuíno virtuosismo, apesar do seu corpo pesado, que esteticamente está longe dos parâmetros canônicos de graça e harmonia impostos aos dançarinos. Fico impressionada com o fato de ele estar quase possuído, habitado pelos fantasmas de Forsythe e Nijínski, de Jan Fabre e Preljocaj, cujas diferentes linguagens ele, como dançarino, incorporou.

Mas o que Dubois, agora com cinquenta anos, faz com todo esse conhecimento corporal acumulado? Atores, dançarinos, cantores... desejamos que eles nunca envelheçam, tão apegados estamos ao que sua arte representou na nossa vida. Diante das marcas que os anos deixaram nos rostos e nos corpos dos grandes artistas que amei, fico comovida. É como olhar para si mesmo refletido num espelho, enquanto a memória de uma juventude distante, de uma proeza física perdida, se esvai.

Quando eu estudava dança, muitas vezes alcançava nos sonhos certos virtuosismos dos quais eu era incapaz na realidade: aberturas frontais, *tours en l'air*, um número infinito de piruetas na ponta. Eram sonhos tão reais que, quando eu acordava, ficava com o prazer físico da minha pelve esmagada no chão com as pernas abertas a cento e oitenta graus, a sensação satisfatória de estar suspensa no ar, a exatidão inebriante do estalo da minha cabeça quando ela voltava, depois de cada giro, a olhar para o mesmo ponto, duas, três, quatro, cinco vezes. Durante o dia, os olhos de quem dança examinam atentamente o espelho, aliado e inimigo ao mesmo tempo: eles observam o tremor da panturrilha, a flexão do dedo, a suavidade das costas. E assim, à noite, os olhos se fecham, abandonando-se aos sonhos do corpo.

Já não sonho mais com saltos e giros e espacatos. Quando me deito no chão, fecho os olhos e, na escuridão, procuro meu corpo com sensações. Ouço o rangido da articulação, envio calor ao músculo, visualizo a vértebra que toca o chão e a que fica fora dele. Tento preencher esse espaço com ar, respirar nele, consciente dos meus escassos, pobres meios.

Vejo os outros dançarem e sinto que não consigo mais fazê-lo. Conheci a energia, a potência, a força de um corpo que se move e obedece, porém, essa forma de expressão eu não consigo mais pôr em ação. Por isso, admiro artistas como Olivier Dubois. Gostaria de ter a mesma consciência de que tudo que vivi, aprendi, experimentei, e que acredito que hoje tenha perdido — neurônios e músculos e ossos danificados pelos fármacos —, ainda sobrevive, em algum lugar.

Na escuridão da sala, os olhos encaram a grande tela, queria ouvir tocar mais uma vez, como tantos anos atrás, a trilha musical de Deborah e me deixar guiar, como ela, pelo sonho infantil da dança. Sair também por aquela porta dos fundos, com as sapatilhas de ponta sobre os ombros e as costas eretas de quem não olha para trás.

26

É uma tarde escura, começo de março de 2020. Nessa manhã você acordou tossindo e na hora do almoço já estava com um pouco de febre.

O problema não é ficar em casa, pois já ficava por aqui antes, muito, e fiquei — nos anos — por longos períodos. A clausura dos seus primeiros anos de vida, a prisão napolitana em Posillipo, suas (nossas) internações hospitalares e os longos períodos de recuperação, quando eu não podia ou não queria deixá-la nas mãos de nenhuma outra pessoa: são lembranças que ainda ardem. Depois, chegaram minhas internações, as cirurgias, os tratamentos que, nos últimos anos, me mantiveram por muito tempo no sofá, cansada, incapaz de fazer qualquer coisa. A sensação de um tempo suspenso, de inação, mas também a familiaridade de viver todos os dias ao lado da possibilidade da morte. A pontada nas costas que periodicamente surge me lembra disso, a dor no peito me lembra, as cicatrizes toda vez que me olho no espelho me lembram.

Ligo a televisão, fico trocando de canal, levanto-me para ir ao banheiro, sento-me à mesa do computador e começo a escrever, abro o Facebook e fico meia hora lendo as postagens de todos, preparo um chá com biscoitos, penso que deveria fazer um pouco de ginástica, começo a ler um livro, poderia aproveitar para pôr a estante de livros um pouco em ordem, chupo duas ou três balas. Concluo que daqui a pouco você irá acordar e não vale a pena começar a fazer nada disso.

Rezo para que você acorde sem febre, que a tosse tenha passado, que seja só o final da temporada de gripe e não esse vírus que deixou o mundo de joelhos.

Estamos em pleno lockdown. As UTIs entraram em colapso, parece que começaram a escolher para quem darão o oxigênio com base na expectativa de vida dos pacientes.

Esse tipo de pensamento não é uma novidade para mim. Na escola, durante os ensaios de evacuação, você sempre foi a última a sair. Primeiro os saudáveis, dotados de pernas para chegar às rotas de fuga. Com sua cadeira de rodas, você atrapalharia e, portanto, tinha de esperar que todos os outros saíssem primeiro. Alguém — um assistente, um zelador — ficaria com você e lhe faria companhia numa sala especial. Essa é a praxe, mas sempre me perguntei se isso realmente aconteceria no caso de um perigo real.

Hoje somos ambas criaturas de segunda divisão e, se ficássemos muito doentes, não valeria a pena nos levar ao hospital. Hoje, fazemos parte de uma categoria bem específica: somos "os frágeis".

Chiara Bersani, diretora e performer afetada desde o nascimento pela osteogênese imperfeita, escreveu sobre a deficiência na época do coronavírus, enfatizando como as pessoas com deficiência, os idosos e os pacientes com câncer assumiram o papel de fracos, de casos limítrofes que confirmam o poder dos saudáveis. Para Chiara, esse vírus poderia ter sido uma oportunidade de lembrar que somos todos humanos e, portanto, frágeis. Em vez disso, foi uma oportunidade perdida: "Talvez o cuidado consigo mesmo e com os outros tenha realmente ocupado o centro do mundo por algum tempo. E, como estou fazendo um exercício de fantasia, gosto de ir além disso e pensar que talvez o capitalismo tenha estremecido ao ver seus falsos corpos imortais e luxuriosos vacilarem. Todos seríamos frágeis e nós, que conhecemos a fragilidade desde sempre, juro que cuidaríamos de vocês. Mas nada disso aconteceu...".

Ao ler suas palavras, penso outra vez em quando a vi no palco, numa performance de Alessandro Sciarroni chamada *Your Girl*. Lembro-me de duas figuras que ocupavam um espaço todo branco: um garoto alto, bonito, musculoso (Matteo Ramponi) e uma garota em cadeira de rodas, loira, com traços delicados e um corpo anômalo. Vivo de novo a comoção de quando o sucesso notório de Tiziano Ferro tocou, uma espécie de curto-circuito emocional entre o texto, a canção pop "Non me lo so spiegare" e a visão daqueles dois jovens corpos nus — ele, escultural, ela, muito pequena e frágil. Ele, do alto do seu um metro e oitenta, estica o braço para remover, com uma delicadeza infinita, os cabelos da frente do rosto dela. Duas criaturas belas, uma ao lado da outra, de mãos dadas.

Minha paixão pela dança não se exaure nunca. Porém, com o passar do tempo, meu olhar sobre os corpos dançantes mudou. Mesmo antes da técnica, da habilidade, do virtuosismo, me emociono com os corpos em si, mais com as pessoas que dançam do que com a dança propriamente dita. Sou cativada por aqueles que, como Chiara, conseguem fazer sua voz explodir por meio de um corpo não conforme, mostrando que existe uma possibilidade para quem, devido à sua forma, identidade, pertencimento, idade, gênero, origem, luta para encontrar um espaço de expressão.

Quando, em 2019, Alessandro Sciarroni recebeu o Prêmio pelo Conjunto da Obra na Bienal de Dança, dedicou-o à memória da sua tia Maria Pia, que tinha síndrome de Down. "Ela me ensinou que o tempo se dilata quando se faz por muito tempo uma só coisa, e num certo sentido foi com ela que aprendi a perder a cognição do tempo permanecendo consciente", explicou.

De fato, em muitos dos seus trabalhos, Sciarroni escolhe uma prática e a investiga através do filtro implacável e transformador da repetição.

Repetição. "Osti, osti, osti..." Lembra? Uma elegia à qual se acrescentava o movimento rítmico do corpo, como nos ensinaram a fazer quando, recém-saídos do hospital, tentávamos acalmar seus gritos noturnos. Penso de novo nas nossas danças de quando você era pequenina e eu a segurava nos braços para um giro de valsa ou uma dança lenta, de rostos colados. Crescendo, inauguramos voltas e trenzinhos na cadeira de rodas, que sempre me deram um forte sentido de frustração devido à mecânica das rodas, o ferro e aqueles preenchimentos que não consigo enxergar como oportunidades, mas só como um obstáculo para o contato do nosso corpo. Então, tento uma dança pequena, das mãos ou dos braços, me protejo na repetição solitária dos movimentos rítmicos, confiando numa proximidade que você pode sentir, que atravesse a tela da sua pele, ressoando dentro de você com sua vibração. E, quando danço com você, sinto que o prêmio pelo trabalho de Alessandro Sciarroni, de alguma maneira, também nos toca de perto, porque tem a ver com uma ideia democrática do dançar. Sinto uma profunda gratidão por artistas como ele, como Chiara Bersani e muitos outros, pois são eles que rasgaram o véu, mostrando quão vastas e variadas são as extensões da graça e da beleza.

Dia 31 de janeiro de 2021. Quase um ano depois da reflexão de Chiara sobre a narrativa da pandemia, Francesco Piccolo escreve no jornal *La Repubblica* sobre um "novo emaranhado torto e antinatural de sentimentos que o coronavírus criou: ter mais medo dos próprios filhos do que de qualquer outro ser humano no mundo". O medo a que ele se refere é o do contágio: se nossos filhos adoecerem, se recuperarão facilmente, mas não se pode garantir que o mesmo acontecerá conosco, como pais.

Ao ler suas palavras, penso que a verdadeira questão que a pandemia trouxe à tona é o terror absoluto que temos em relação à doença e à morte. Estamos convencidos de que somos criaturas que gozam do direito inquestionável à saúde perfeita, a um corpo/mente dotado de órgãos e funções capazes de funcionar no nível mais alto. Nossa sociedade simplesmente eliminou o conceito de doença, em que os doentes são sempre "os outros": pacientes com câncer, pessoas com deficiência, os diferentes... Por isso, como Chiara escreveu no começo da pandemia, uma das primeiras estratégias de sobrevivência acionadas contra o vírus pelas pessoas saudáveis foi se distanciar daqueles considerados pessoas em risco: "só os velhos morrem", "está em perigo quem sofre alguma patologia pregressa ou crônica", "é necessário dar tratamento aos que têm maior expectativa de vida"... Enfim, mais uma necessidade de contrapor a identidade dos fortes contra os fracos.

Portanto, quero responder à provocação de Francesco com outra provocação. Gostaria de lhe perguntar: "Por que você tem tanto medo da doença e da morte? E se tentássemos contemplar, pelo menos uma vez, a ideia de que elas fazem parte da nossa vida?". Perguntas retóricas? Talvez não, se tentarmos fazer essas perguntas aos "outros". Para alguém que, como eu, é uma mãe doente de uma filha com deficiência, o vírus é só mais uma eventualidade. Piccolo escreve: "Antes, se eu tinha alguma frustração, meu conforto era o abraço dos meus dois filhos. Agora, esse conforto é meu tormento: eu o aceito ou não?".

Lembro-me daquele dia sombrio de março de 2020. Felizmente, você só teve uma gripe. Naquela época, como hoje e amanhã, você não podia me abraçar nem me beijar, mas eu podia. Sei que aquele abraço, antes de ser o meu, foi, é e será seu conforto. E, para lhe dar conforto, não tenho medo.

27

De manhã, fui à terapia com a alma leve. Acordei às cinco e meia depois de uma noite de ondas de calor — cobertor para cima, cobertor para baixo, desabotoar e abotoar o pijama — e um sonho infinito de viagem, iceberg e você, que descia da cadeira de rodas e escalava o papai como num desenho animado.

Tomei café e depois fiz quarenta e cinco minutos de ginástica. Há semanas tento me alongar, amaciar, soltar a pilha de ossos, tendões, músculos que os meses de quimioterapia encurtaram, enrijeceram, deixaram emaranhados. É difícil, mas é possível ver um pequeno resultado: uma posição, que até ontem era insustentável, agora se torna possível. Que maravilha o corpo que volta a falar, que respira, sai do seu silêncio doloroso e começa a cantar e lhe diz: "Eu existo, estou por aqui". A dor não me derrotou, não me esmagou, sobrevivi e estou pronta para seguir adiante. Poucos movimentos simples, para descobrir que os braços ainda conseguem se levantar, apesar do *port-a-cath*, o acesso subcutâneo, que quase não dói, e ainda que seja um pouco incômodo, basta acrescentar um A a ele e imaginá-lo se tornando a porta de entrada para a cura, uma porta oculta, como uma passagem subterrânea, secreta, mas sempre aberta ao acolhimento. E uma porta aberta não faz mal, não é mesmo?

Ouço que meu corpo responde, digo-lhe: siga-me, por favor, serei gentil com você, não vou lhe pedir demais, mas não me abandone. Falo com ele, como o ser vivo que é. Obrigada, corpo, amo você, mas me ame também.

Saio de casa, encaminhando-me a pé para o hospital, com as melhores intenções.

Sem náusea, fiz a entrevista com o médico residente de plantão. Bastou-me um olhar para seus dedos — unhas longas demais — que batiam de forma nervosa sobre o teclado do computador, para entender que era um novato, estava mais nervoso do que eu, e que não teria serventia alguma lhe dizer como realmente eu me sentia. À pergunta de rotina — "Como a senhora se sente?" —, respondi apressada com um: "Bem o suficiente". Pareceu-me ter ouvido um alívio no seu silêncio. Em breve, eu teria outra avaliação com o professor dele e sabia que, qualquer coisa que eu dissesse ou perguntasse, a resposta seria um educado: "Fale com ele na próxima consulta".

Tudo fluiu bem até o momento em que me acomodei numa das poltronas reservadas para a terapia. A enfermeira desinfetou o acesso com um pedaço de algodão embebido em álcool e foi então que veio o golpe. De uma só vez, com o cheiro acre de desinfetante que me impregnou as narinas e, logo em seguida, com a dor da agulha que perfurou o acesso.

De novo, a imagem de mim vista do alto, como num filme. Como se uma câmera de segurança estivesse filmando a cena, uma cena dolorosa demais para ficar lá dentro e vivê-la. Melhor se afastar do corpo e observar do lado de fora. O que vejo? Meu cotidiano. Não uma condição transitória, não um evento extemporâneo, não uma emergência. Porque não é a exceção, mas a normalidade da doença que devasta. Não a urgência de uma cirurgia, não a terapia de choque, quando se ativa a adrenalina pela montanha que se há de escalar, suspende-se o julgamento e se juntam as forças, a coragem, a determinação. Você sabe que, se parar e olhar para si mesmo, tombará, você não pode se dar a esse luxo. Portanto, abaixe a cabeça e siga em frente. Mas quando chega ao topo você começa a andar numa planície e o caminho é esburacado — sim, há pedras, a aspereza do terreno, pelo menos a subida acabou—, pois então lá pode acontecer que você levante o olhar, observe a paisagem ao seu redor. Num momento, você se acaba. Como aconteceu comigo hoje de manhã.

Sentada na poltrona, infusão iniciada, levantei o olhar em direção à haste de soro intravenoso na qual estavam penduradas as bolsas transparentes de medicamentos. "D'Adamo Ada. Data de nascimento? Pertuzumabe 420 mg em meia hora", pontuou a jovem enfermeira, soltando o fecho de segurança preso ao tubo. Em seguida, retomou a conversa com suas colegas: o acampamento de escoteiros do filho, a compra de roupas, a mochila a ser arrumada. As lágrimas começaram a cair sem aviso prévio. Lentas, silenciosas, discretas. Coloquei meus óculos escuros e, em silêncio, aceitei o chocolatinho que uma delas me ofereceu. Nessas circunstâncias, não há palavras. Apenas os olhos, um aceno imperceptível de compreensão. É a rotina, a normalidade banal da doença.

8 de março de 2022

É o Dia das Mulheres.

Um coleguinha da escola — você está no oitavo ano — te procura na salinha de apoio com um buquê de flores, mas hoje você faltou por causa de uma consulta no hospital.

Sua professora assistente faz uma foto e pede que ele grave um áudio que depois envia por WhatsApp:

Oi, Daria, é o Matteo, vim lhe trazer umas margaridas que, na língua das flores, simbolizam o sorriso e me fizeram pensar em você.

28

Por muitos anos, às sextas-feiras à noite, quando o papai chegava em casa, apoiava a cabeça num travesseiro com cheiro de amaciante, talvez com o leve prazer análogo que eu havia sentido na noite da segunda-feira anterior, em contato com os mesmos lençóis recém-colocados na cama. Nessa diferença de tempo entre seu travesseiro limpo e o meu, já todo amarrotado pelo uso, eu media a distância das nossas vidas. Ele dormia a semana inteira num sofá, um cobertor retirado do armário e toda manhã dobrado mais uma vez. Eu na cama de casal, com um belo colchão novo e muito espaço só para mim. Contudo, nunca ousei ultrapassar a metade que era minha, quase com medo de tocar com a mão a ausência dele. Em todos esses anos, nunca me passou pela cabeça a ideia de me espalhar — uma grande estrela-do--mar — ou de me enrolar no edredom, puxando-o por inteiro para o meu lado. Muito menos pensei em deslocar o travesseiro. Ficava lá, virada sobre meu lado direito, roçando a borda externa, como à beira de um precipício. E, todas as manhãs, eu fazia minha metade da cama, com o cuidado de combinar as dobras do lençol com a outra metade, quase intacta.

Nos fins de semana, passávamos a dividir um espaço que mostrava os sinais da nossa não coabitação, e eu me via cada vez mais incapaz de cruzar os poucos centímetros que me separavam do frescor do travesseiro dele.

Depois da fuga do papai, com a notícia da gravidez, seguiram-se meses de solidão e tormento. Então, quando eu estava prestes a fazer a amniocentese, ele reapareceu e, timidamente, começamos a refazer os laços. Não sabíamos como seria, mas aquela volta era uma mensagem clara: de algum jeito ele estaria presente na sua e na minha vida, ainda que eu não ousasse dizer a palavra "futuro" nem desenhar fronteiras de espaço e de tempo compartilhados.

Quando você nasceu — assim, como você é —, foi ele, antes de mim, quem a acolheu com um amor incondicional, você minúscula nas suas mãos de rocha. Ele a pegou no colo e se tornou imediatamente "o papai".

Não sei se dezesseis anos de distância física seja um tempo possível de preencher para um casal. Não sei nem se há um sentido em fazer essa pergunta, agora. Sei que nossa vida foi assim, na distância, e na distância escrevemos nossa história, e nela os espaços em branco tiveram um peso, assim como as páginas escritas.

Havia as plenitudes do desejo e da paixão e os vazios das necessidades não satisfeitas, as linhas grossas dos sonhos e projetos e as margens largas da solidão repetida, as bordas brancas dos dias iguais que os domingos nunca conseguiram colorir.

Depois, quando a tinta já estava se descolorindo, quando parecia que já não havia mais nada o que dizer, o que fazer, o que esperar, o vírus chegou para escrever uma nova página da história. Depois de anos de solidão, um decreto do presidente nos obrigou a ficarmos trancafiados, e assim começamos nossa convivência. Depois de tê-la desejado tanto, e até parado de desejar, a vida juntos poderia ter se revelado um desastre. Corríamos o risco de nos perder para sempre, mas, em vez disso, nos reencontramos. Ou finalmente nos encontramos.

Não foi a primeira vez que o papai e eu dividimos momentos difíceis. Na verdade, desde que você nasceu, cerramos fileiras. Sei que a metáfora militar é surrada, provavelmente inoportuna, porém, se sai da minha boca desse jeito, mais uma vez, é porque de fato não sei como definir de outra forma o percurso da nossa vida se não como uma campanha bélica, daquelas que nos livros de história duram anos e anos, em que se avança e se retrocede, vai-se de trincheiras a retaguardas, passa-se por contratempos no acampamento de base só para se rearmar até os dentes mais uma vez, cai e se levanta, enfrenta-se inimigos assustadores, alegra-se com algumas escaramuças vencidas, repensa-se estratégias em torno de uma mesa na qual se sentam as grandes potências, perde-se unidades e se recebe reforços. Sempre tivemos de combater por algum motivo. No começo, para construir um vínculo tardio que, enquanto nos unia, cortava de forma definitiva outros fios já gastos, para depois enfrentar todo tipo de adversidade. Seu nascimento, em pouco tempo, pôs um fim nesse nosso sermos dois: agora éramos três, precisávamos lutar por você, com você e também contra você, algumas vezes. Aos poucos, o papai e eu nos desfizemos em você, nos fundimos num único corpo de combate armado. Como meu nome, que contém as iniciais dos nossos três nomes. E você está no centro, consoante que une duas vogais e forma o nome, a identidade.

Nunca conhecemos um tempo de paz. Todas as vezes, reagimos dizendo a nós mesmos: "Vamos enfrentar também essa", "Vamos dar conta". E, pontualmente, abandonamos as silhuetas da nossa solidão no sofá para nos envolvermos na armadura de um abraço que nos tornaria invencíveis.

29

Seu avô foi o centro da nossa vida. A vovó orbitou ao seu redor por quase sessenta anos, como a Terra com o Sol. Sua tia e eu, dois planetas profundamente diferentes, completamos esse pequeno sistema solar, regido por severas leis de dependência mútua. Ele nos aqueceu com seu calor, impossível não nos sentir atraídas. Nossas vidas foram a tentativa contínua de medir distâncias, sempre dissociadas entre o perigo de se aproximar demais, sufocar, entrar em choque, e o risco de nos afastar demais, saindo da órbita que nos era dada.

"As coisas vão abaixo; o centro cede" — é um verso conhecido de William Butler Yeats. Quando o vovô morreu, todo o sistema veio abaixo. E, em poucos dias, a eclosão de uma epidemia mundial pela qual nunca imaginamos que teríamos de passar sancionou o fim de um mundo. Nada seria como antes.

No começo, nos sentíamos atônitas, como na borda de uma cratera que se abriu aos nossos pés na precipitação de uma estrela. A pandemia congelou essa imagem de nós, petrificadas, com os olhos arregalados sobre o vazio. Foi a época das lembranças, dos balanços, das recriminações, das melancolias e dos arrependimentos. Meses de pensamentos e emoções destruídas na solidão forçada do distanciamento.

Depois, enquanto o mundo voltava a se mover, foi difícil reiniciar nosso pequeno sistema. Tudo era diferente: as distâncias, os pesos e as velocidades, a medida das relações recíprocas. E para mim, nesse novo desenho, alguns elementos se reposicionaram, ganhando uma centralidade da qual eu antes não tinha consciência.

Foi preciso muito tempo, mas, ao terminar um longo percurso, finalmente consegui ver com clareza os laços que me mantiveram presa, por mais de trinta anos, à minha família de origem. Por mais que eu tivesse me esforçado para desatar esses nós, aquele vínculo era tão apertado que não me permitia reconhecer plenamente a família que eu havia formado, no meio-tempo, com você e com o papai. Eu continuava a me virar para trás, para o passado, para aquilo que eu havia deixado; alimentava um sentimento de culpa por ter ido embora, por ter desejado uma vida que, pelo simples fato de ser diferente, era vista como um ato de acusação à vida deles. E, agindo assim, terminei escondendo o valor daquilo que eu tinha construído no decorrer dos anos, mantendo à margem, como algo que não merecia tanto reconhecimento, os vínculos de amor, afeto e amizade que se consolidaram com o passar do tempo, me nutrindo e fazendo de mim o que hoje sou.

Essa consciência tardia foi uma libertação, como tirar um enorme peso das minhas costas, levantar voo, consciente de não estar sozinha — como havia sempre me sentido —, mas junto com você e com o papai, e junto com minha família escolhida, meu bando...

*Voam os pássaros voam
no espaço entre as nuvens
como as regras dadas
a esta parte do universo
ao nosso sistema solar...**

---

* Trecho da canção "Gli uccelli", de Franco Battiato: "*Volano gli uccelli volano/ nello spazio tra le nuvole/ con le regole assegnate/ a questa parte di universo/ al nostro sistema solare...*". [N.T.]

O surto da pandemia e o diagnóstico de que a doença se agravara fizeram o resto, dando-me a medida dos abraços negados, das distâncias e proximidades, dos dias e das horas passadas, daquilo que sobra, da sensação de um fim. Entendi que estava trazendo à tona peças que tinham sido quebradas havia muito tempo, mas também senti que eu já começara a consertá-las muito tempo atrás. Naquele momento, parei de resistir e finalmente me entreguei.

O casamento foi uma festa, um sim à vida, a promessa que dezoito anos atrás não fora preciso dizer mas que agora declarava sua presença desde sempre. E revelava seu desígnio, sua vocação, sua chamada.

Nos meses seguintes, mais dois pedaços se consertaram. Dois anos e meio depois da morte do vovô, voltaram, juntas, de uma só vez, as palavras. Um rio de palavras. E quando, da minha doação silenciosa, finalmente floresceu o dizer, percebi que, embora a estrela mais brilhante daquele antigo sistema solar tivesse se apagado, eu, sua tia e a vovó, mas também você e suas primas, poderíamos continuar brilhando, cada uma com sua própria luz que iluminaria um novo sistema.

No álbum de casamento há uma foto sua, lindíssima, com a camisa com pequenos botões de rosa e uma grande flor entre os cabelos, fúcsia como meu vestido. Seu rosto num estado de graça, os lábios violeta em forma de sorriso, a expressão sonhadora, quase extática, encerram numa só imagem as emoções daquela tarde de setembro, só um momento de suspensão do corre-corre, finalmente o brilho da alegria encarnada no puro presente, um momento que não é possível dizer, talvez apenas cantar, como sugeriu Silvia (amiga querida, artista adorada) no fim da cerimônia:

Enfim: não é simples, seria propício um canto
para acompanhar estes momentos tão felizes e carregados

que soldam uma promessa
presente, passado, futuro
que constituem uma invenção do tempo.
O horizonte, que parecia estar atrás, está à frente: luminoso, aberto
já o que foi vivido coincide com o que hoje Ada e Alfredo escolhem
para o amanhã,
o sentido atuado e de novo escolhido para esse viver.
É claro, Ada é luz
é testemunho disso sua resposta à vida
a graça no chamado cotidiano à vida.
Daria e Alfredo são seu corpo,
sua forma de se levantar, pousar,
sua família,
seu júbilo, sua quietude.
Juntos, olham para lá onde não é possível ver.
Prometer é um arder sem tempo que não teme a noite
um nascimento perene.
Felicidades.

Silvia, como sempre, sabe encontrar as palavras: a vocês que são meu corpo, eu me prometi. Não tenho medo da noite.

30

Essa noite, sonhei que você morria. Eu estava longe, telefonava para casa e a babá Elena me dizia que você havia morrido. Não queria acreditar e continuava lá onde estava, falando com a vovó enquanto estávamos no carro; eu entrava no quarto dos avós, no escuro, para pegar dois cotonetes parecidos com os que uso para limpar obsessivamente seus ouvidos, mas bem mais longos e com um filamento na parte superior. Então eu saía e ia ao banheiro, e pouco depois chegava o vovô. Um vovô jovem e magro com a camiseta de baixo e cuecas brancas como me lembro de tê-lo visto tantas vezes quando eu era pequena, sentindo sempre uma ponta de vergonha. Sentia-me como se estivesse encerrada num tempo em suspenso: intuía que algo terrível havia acontecido, mas hesitava em pedir a confirmação. Depois, sempre no sonho, eu telefonava para a babá que me dava outra vez a notícia da sua morte.

Era como quando — você recém-nascida e ainda no hospital, eu já havia recebido alta — em casa, à tarde, eu escorregava no esquecimento do sono, com o desejo de me subtrair do tempo e da realidade. Por alguns instantes, parecia que tudo era apenas um sonho ruim: seu nascimento, o diagnóstico... Eu acordava cheia de terror ao pensar que para mim estava tudo acabado, enquanto, na verdade, tudo ainda teria de começar.

Era como quando eu desmaiava e, perdendo os sentidos, sonhava. Depois, algo do mundo real — um tapa, uma voz, um pouco de água respingada — penetrava no sonho, arrancando-me daquela bolha fora do espaço e do tempo da qual eu não queria sair.

Era como quando, depois de uma cirurgia, eu voltava da anestesia. Alguém chamava meu nome, levando-me de volta para um corpo com o qual eu evitaria, de bom grado, voltar a ter contato.

Onde traçar a linha da fronteira entre a vida e a morte? Num diálogo com Silvia Ronchey, James Hillman, já próximo do fim, mas "com os olhos abertos: permanecendo pensante, ou consciente, e em especial, vidente", tenta dar uma resposta. "É no falar? No respirar? Ou no que é? No sonhar? Essa é a pergunta."

Morrer, dormir.
Nada mais.

Incorporação

Cuidado com aquilo que você põe no seu corpo porque não sairá mais.

Steve Paxton

"Ainda bem que comemos com o papai aquele pedaço de pizza de abobrinha!" Era isso que eu pensava ali deitada para a sessão de radioterapia. Esperara minha vez por quase uma hora e já não aguentava mais. A essa altura, só faltavam duas sessões, mas em vez de sentir um alívio, porque logo terminaria, a espera desse dia fez com que toda a impaciência acumulada no último mês se exaltasse dentro de mim. Era o terceiro ciclo de radioterapia no meu histórico clínico: antes foi a vértebra, depois o seio, agora era a vez do fígado. Ruminava sobre as horas passadas na sala de espera, no tempo que levava para chegar ao centro, nas amigas que dirigiam em vez do papai quando ele estava fora. Raras ocasiões, esporádicas, pois ele sempre esteve lá, mesmo quando não podia estar. Quanto peso naqueles ombros largos, lisos, constelados de pintas. Ombros fortes, lindos de serem acariciados, uma das coisas que fez com que eu me apaixonasse por ele. "Cubra-me", dizia-lhe no começo da nossa história, porque eu sempre sentia frio. Ele ficava atrás de mim e contornava minhas costas. Sentia que aquele gesto me protegeria da tempestade.

Então, deitada ali, voltei em pensamento àquela fatia de pizza comprada numa padaria enquanto deixávamos o carro no lava-jato dos dois irmãos (é assim que se chama: "Lava-jato Dois Irmãos").

Meia hora, um tempo morto que escapou da programação diária, no meio da qual estava a sessão de radioterapia, aquela, escrita em letras claras no meio do meu caderno Moleskine, bem ao meio-dia. Que delícia que estava a pizza, e como desfrutamos o sabor daquele breve passeio: borboletear em frente a um café, parar para ouvir os gritos faceiros dos alunos do ensino médio no recreio, sorrir ao ver um senhor excêntrico vestido de rosa da cabeça aos pés.

Eu pensava nisso enquanto olhava o painel no teto da sala, e a máquina girava ao redor do meu tórax desnudo. Sempre faz frio nesses lugares. O ar frio, frias as mãos dos técnicos que giram seu busto, abaixam um ombro, empurram de um lado o tanto que é necessário para posicioná-la da melhor forma para atingir o alvo. Fico imóvel, os braços cruzados sobre a testa, a respiração regular, e continuo olhando o painel. É um fundo do mar habitado por peixes coloridos. Penso que puseram aquela imagem ali para criar uma atmosfera relaxante. Contudo, não me sinto nada relaxada. Talvez seja o corte da imagem, absolutamente sem profundidade, talvez seja o fato de que a ideia de imergir na água sempre me provocou terror, talvez aqueles peixes de listras amarelas e azuis não me inspirem simpatia alguma. Melhor fechar os olhos e me concentrar na lembrança da pizza. Da próxima vez que o papai for ao "Dois Irmãos", em vez de levantar os olhos para o céu e fazer chacota dele pela sua obsessão em lavar o carro, vou me oferecer de bom grado para acompanhá-lo.

É novembro e daqui a pouco será seu aniversário. Dezesseis anos. D-E-Z-E-S-S-E-I-S!!! Nos diziam que não era possível saber o quanto você sobreviveria e, para nós, cada aniversário seu foi um mistério da vida que gritava: "Eis-me aqui, ainda estou por aqui!".

É novembro e já passou um ano desde o dia em que meus cabelos caíram e os seus estavam cheios de piolhos... São dias complicados, parece que estou cambaleando enquanto tudo dentro de mim desmorona. Certa manhã — há algumas semanas — liguei o computador e não conseguia enxergar direito.

As pastas na mesa de trabalho, as mensagens de e-mail: tudo fora de foco, as letras tão incrivelmente pequenas. Nas horas seguintes, percebi que não conseguia ler o letreiro do noticiário na televisão, não conseguia distinguir as placas de trânsito. Chovia enquanto voltávamos para casa depois da consulta com o oftalmologista, nas mãos uma pasta que relatava uma piora súbita da miopia, de dois graus em ambos os olhos. Os faróis dos carros esbarravam em mim balançando contra as janelas, estrelas líquidas de quatro pontas que se tornavam redondas outra vez à medida que a distância diminuía.

O que está acontecendo com minha cabeça? Tenho dificuldade em escrever e falar, mando mensagens aos destinatários errados o tempo todo, perco o equilíbrio na rua, confundo uma palavra com outra. Os médicos marcam um exame neurológico, a ressonância do crânio descarta progressões no cérebro, mas os sintomas persistem cada vez piores.

Estou aqui, deitada na cama e lhe escrevo enquanto chove lá fora, exatamente como quando você nasceu, naquele novembro de dezesseis anos atrás.

Visão diminuída, mobilidade reduzida, a punção lombar exigiu que eu ficasse deitada por vários dias (encefalite paraneoplásica?). Sua cuidadora também se torna minha. Domingo, papai levanta nós duas da cama.

É assim que, mais uma vez, continuo me identificando com você. Meu corpo experimenta, ainda que de forma reduzida, os limites do seu. Antes, eu os conhecia, sentia-os e tocava-os por meio de você; depois, aos poucos, comecei a incorporá-los.

Incorporação: um conceito central no campo dos estudos da dança. Tem a ver com a noção de corpo como lugar da memória, com a transmissão e a aprendizagem, com a passagem de informações num corpo a corpo, práticas e técnicas, portanto com a capacidade do corpo de criar conhecimento. Não sei se ou como esse processo chegará ao fim. Cegueira? Imobilidade?

Recém-conhecidos, o papai e eu tínhamos criamos um acrô-
nimo a partir do meu nome, A(de)A: "Ada de Alfredo". Mas também "Alfredo de Ada". Depois, quando você nasceu, aquele
"de" que estava lá no meio com o significado de posse mútua
(eu sou seu, você é meu) tornou-se D, a primeira letra do seu
nome. Eu, ele e você no meio, no exato centro do nosso amor.
Um amor de ar, *d'aria*. E meu nome está também dentro do
meu sobrenome. Ditos juntos são um trava-língua para o qual
muitas vezes chamo a atenção: deve ser pronunciado lentamente para não correr o risco de escorregar nas sílabas repe-
tidas que batem e se enrolam no palato. Assim começou este
jogo de palavras, veja se você gosta:

d'adamo
d'ad~~amo~~
d'a(de)a
d'a(ri)a
d'aria — de ar

Vou acabar me dissolvendo em você? Sou Ada. Serei *D'aria*...
de ar...

Roma, setembro de 2022

Como amar sabendo que nos espera a separação?
Como ser plenamente e saber desaparecer? Não sei.
São as leis da vida, suas inescrutáveis coreografias,
danças para quem não vê, um sopro leve roça o rosto
e as mãos e, mesmo sem ver, sabemos: a dança continua.

Chandra Candiani, *Questo immenso non sapere*

Referências

Gravidade
Steve Paxton, *Gravity*. Bruxelas: Contredanse, 2018.

Prólogo
Rita Charon, *Medicina narrativa: Onorare le storie dei pazienti*. Milão: Raffaello Cortina, 2019.

Capítulo 3
Sono ancora lontano dal punto onde partii [ainda estou distante do ponto de onde parti] é uma frase extraída de uma carta de Pedro Metastasio. Devo-a a Emanuele Trevi, que a cita no livro *Sogni e favole* (Roma: Ponte alle Grazie, 2018).

Capítulo 5
Sobre a doença como entrada no "lado noturno da vida", Susan Sontag escreve no livro *Malattia come metafora* [1977, 1978] (Milão: nottetempo, 2020). [Ed. bras.: *A doença como metáfora*. Trad. de Márcio Ramalho. Rio de Janeiro: Graal, 1984.]

Capítulo 7
Agradeço a Francesca Pieri, que, no seu livro *Bianca* (Milão: DeA Planeta, 2019), escreveu uma parte da nossa história de amigas e de mães, dando-me o encorajamento necessário para contar o resto.

Capítulo 8
"Adoro mia figlia ma avrei scelto l'aborto" [Adoro minha filha, mas teria escolhido o aborto]. Carta a Corrado Augias publicada no jornal *La Repubblica*, 12 de fevereiro de 2008.
Valeria Parrella, *Lo spazio bianco*. Turim: Einaudi, 2008.

Capítulo 10
Depois da estreia em Paris, no dia 29 de maio de 1913, *Le Sacre du printemps* foi rebatizada pela imprensa como *Massacre du printemps*. A pesquisadora Millicent Hodson dedicou ao seu trabalho de reconstrução da coreografia

de Nijínski o volume *Nijinsky's Crime Against Grace* (Nova York: Pendragon, 1996).

Capítulo 12

Danza cieca, coreografia de Virgilio Sieni, com Virgilio Sieni e Giuseppe Comuniello, Compagnia Virgilio Sieni, 2019. Um trecho do espetáculo está disponível no site www.virgiliosieni.it.

Atlante del bianco, coreografia de Virgilio Sieni, com Giuseppe Comuniello, Compagnia Damasco Corner, 2010. Trechos do espetáculo estão disponíveis no YouTube.

Capítulo 13

Estes são os sites que citei no capítulo:

Families for HOPE: *www.familiesforhope.org*

The Carter Centers for Brain Research in Holoprosencephaly and Related Brain Malformations: *www.hperesearch.org*. Pelo site é possível acessar o vídeo *Living with Hope: Understanding Holoprosencephaly*.

Hpe Oloprosencefalia (grupo no Facebook).

Capítulo 17

Annie Ernaux, *L'evento*. Roma: L'orma, 2019. [Ed. bras.: *O acontecimento*. Trad. de Isadora de Araújo Pontes. São Paulo: Fósforo, 2022.]

Capítulo 19

John Donne, *Devozioni per occasioni di emergenza* [1624]. Roma: Riuniti, 1994. A citação aparece no livro *Diagnosi e destino,* de Vittorio Lingiardi (Turim: Einaudi, 2018). [Ed. bras.: *Diagnóstico e destino*. Trad. de Julia Scamparini. Belo Horizonte: Aynê, 2021.]

Capítulo 20

Sandro Veronesi, *Caos calmo*. Milão: Bompiani, 2005. [Ed. bras.: *Caos calmo*. Trad. de Gabriel Bogossian. Rio de Janeiro: Rocco, 2017.] O livro foi adaptado como filme em 2008, sob direção de Antonello Grimaldi e com Nanni Moretti como ator principal.

Capítulo 21

Silvia Ronchey, *Intervista a Patrizia Cavalli* no jornal *La Repubblica*, 27 de abril de 2019.

A música é "Oggi sono io", escrita e interpretada por Alex Britti em 1999.

O paradoxo de Franz Kafka é citado por Vittorio Lingiardi no livro *Diagnóstico e destino*.

Severino Cesari, *Con molta cura*. Milão: Rizzoli, 2017, p. 130.

Capítulo 22

La Boum: no tempo dos namorados é uma comédia francesa dos anos 1980, dirigida por Claude Pinoteau e que marca a estreia da atriz Sophie Marceau.

Meus caros amigos é um filme de 1975 do diretor Mario Monicelli, seguido em 1982 por *Meus caros amigos 2* e, em 1985, por *Meus caros amigos 3* (com direção de Nanni Loy). A saga conta os trotes feitos por cinco amigos de Florença em detrimento dos infelizes que estavam por perto.

"Meraviglioso" é uma música escrita em 1968 por Riccardo Pazzaglia e interpretada por Domenico Modugno. A música conheceu uma segunda temporada de sucesso em 2008, quando foi regravada pela banda Negramaro.

Joan Didion, *L'anno del pensiero magico*. Milão: Il Saggiatore, 2006. [Ed. bras.: *O ano do pensamento mágico*. Trad. de Marina Vargas. São Paulo: Harper Collins, 2021.]

Capítulo 23

Daje, s'aripigliamo — ou seja, "força, vamos sair dessa" — é a frase (dita assim no plural) que o filho Lorenzo repetia para Severino Cesari durante seu tratamento. Ver o livro já citado, *Con molta cura*.

La linea verticale é uma série de televisão baseada no livro homônimo de Mattia Torre (Baldini+Castoldi, 2017). Disponível no portal RaiPlay, inspira-se na experiência de doença e hospitalização do autor, que faleceu em 2019.

Hanya Yanagihara, *Una vita come tante*. Palermo: Sellerio, 2016. [Ed. bras.: *Uma vida pequena*. Trad. de Roberto Muggiati. Rio de Janeiro: Rocco, 2016.]

Emmanuel Carrère, *Vite che non sono la mia*. Milão: Adelphi, 2019. [Ed. bras.: *Outras vidas que não a minha*. Trad. de André Telles. Rio de Janeiro: Objetiva, 2010.]

Capítulo 25

My Body of Coming Forth by Day é um espetáculo criado, produzido e interpretado por Olivier Dubois em 2018. Um trecho está disponível em www.olivierdubois.org.

Deborah é a protagonista feminina do filme de Sergio Leone *Era uma vez na América* (1984), com trilha sonora de Ennio Morricone.

Capítulo 26

Chiara Bersani, "Il coronavirus e la narrazione tossica della disabilita", 2 de março de 2020, disponível no site www.pasionaria.it.

Your Girl, invenção de Alessandro Sciarroni, com Chiara Bersani e Matteo Ramponi, produção Corpo Celeste, 2007. Um trecho está disponível online no site www.alessandrosciarroni.it.

Francesco Piccolo, "Maledetto virus, mi hai insegnato ad aver paura dei miei figli", publicado no jornal *La Repubblica*, dia 31 de janeiro de 2021.

Capítulo 29

O verso de William Butler Yeats é extraído do poema "The Second Coming", escrito em 1919 e publicado no ano seguinte na revista *The Dial*.

Franco Battiato e Giusto Pio, "Gli uccelli", 1981.

Il senso di una fine é o título de um romance de Julian Barnes publicado na Itália pela Einaudi em 2012. [Ed. bras.: *O sentido de um fim*. Trad. de Léa Viveiros de Castro. Rio de Janeiro: Rocco, 2012.]

Capítulo 30

James Hillman e Silvia Ronchey, *L'ultima immagine*. Milão: Rizzoli, 2021.

William Shakespeare, *Hamlet*. Ato III, cena I.

Incorporação

A citação de Steve Paxton aparece na introdução de Patricia Kuypers à monografia *Nouvelles de danse*, cujo título é "Incorporer", 2001.

Come d'aria © Lit Edizioni s.a.s., 2023. Todos os direitos reservados

Todos os direitos desta edição reservados à Todavia.

Grafia atualizada segundo o Acordo Ortográfico da Língua Portuguesa de 1990, que entrou em vigor no Brasil em 2009.

capa
Casa Rex
foto de capa
Edson Campolina/ Shutterstock
preparação
Silvia Massimini Felix
revisão
Tomoe Moroizumi
Gabriela Marques Rocha

p. 126
Tradução de Adriano Scandolara para o verso do poema
"The Second Coming", publicada em *Eutomia: Revista de Literatura e Linguística*, Recife, UFPE, v. 1, n. 11, p. 548, jan.-jun. 2013.

Dados Internacionais de Catalogação na Publicação (CIP)

---

d'Adamo, Ada (1967-2023)
Leve como ar / Ada d'Adamo ; tradução Francesca Cricelli. — 1. ed. — São Paulo : Todavia, 2024.

Título original: Come d'aria
ISBN 978-65-5692-725-1

1. Literatura italiana. 2. Romance. 3. Memórias.
4. Biografia. I. Cricelli, Francesca. II. Título.

CDD 853

Índice para catálogo sistemático:
1. Literatura italiana : Romance 853

Bruna Heller — Bibliotecária — CRB 10/2348

todavia
Rua Luís Anhaia, 44
05433.020 São Paulo SP
T. 55 11. 3094 0500
www.todavialivros.com.br

fonte
Register*
papel
Pólen natural 80 g/m²
impressão
Geográfica